Impressum

Alle Rechte am Werk liegen beim Autor
J., Jaliah
El Puerto – Der Hafen 2
Geliebter Feind

Berlin, März 2016
Erstauflage
Lektorat: Günter Bast, Theresa, Sirin

Herstellung und Verlag:
BoD - Books on Demand, Norderstedt

ISBN 978-3-7392-3160-0
www.jaliahj.de

El Puerto

Der Hafen 2

Geliebter Feind

von

Jaliah J.

LOS PUENTES

GONZALES & ANNA   BRUNO † & MARIA   RUBÉN & AMA †

VIDAL & ELIAN   DANTE & SUELA   DALILA, DELICIA & BENITO

SERGIO † & VALENTINA   PAOL †   NORA †

PONCE (CUCA), PIERO † & PAOLO †   5 SÖHNE DIE DIE GESCHÄFTE IM AUSLAND LEITEN

WEITERE WICHTIGE PERSONEN

AARON - VIDALS BESTER FREUND

NACHO - VERRÄTER DER CINCO SOMBRAS

CINCO SOMBRAS

RAMIRO & LEIRE †   RAMIRO & ANGELINA †   REHAN & EVA †

ALEJANDRO, SANTOS & PONCE   BELINDA   LEVI

RAUL † & ALICIA   RAFAEL † & PILAR †   ROSA †

ROMAN & ALENA   ADRIAN

WEITERE WICHTIGE PERSONEN

SUERTE - GUTER FREUND DER FAMILIE

Es hat mich sehr gefreut, dass ihr die neue Buchreihe

El Puerto – Der Hafen

so positiv aufgenommen habt und den weiteren Teilen entgegenfiebert.

Es wird spannend und wie immer gilt:

'Wenn du Puerto Rico einmal in dein Herz geschlossen hast,

wird es dich nie wieder loslassen!'

El Puerto - Der Hafen 1   Ein Neuanfang

Jaliah J.

El Puerto

DER HAFEN

EIN NEUANFANG

El Puerto - Der Hafen 2   Geliebter Feind

Jaliah J.

El Puerto

DER HAFEN

GELIEBTER FEIND

Belinda sieht sich das große Foto an der Wand an. Sie liebt ihre Mutter über alles, aber jedes Mal, wenn sie hier bei ihrer Freundin Martha ist, spürt sie, wie sehr sie sich eine ähnliche Familie wie diese hier wünscht. Auf dem Bild strahlen Martha, ihre Mutter, ihr Vater, ihr kleiner Bruder und ihre ältere Schwester auf einer Feier glücklich in die Kamera. Sie ist oft nach der Schule hier bei Martha, da ihre Mutter meistens bis zum Abend arbeiten muss und ihre Großeltern sie nur zweimal die Woche abholen kommen. So ist sie wenigstens nicht zu oft allein.

»Hier habe ich welche, und ich habe noch etwas.« Martha kommt zurück in ihr Zimmer und hält die gelben Notizzettel in der Hand, die sie aus dem Wohnzimmer holen wollte und zwei Dosen Cola hat sie auch dabei. Belinda nimmt eine an sich. Sie darf selten Cola trinken und weiß auch, dass Martha selten welche trinken darf. Auf ihren fragenden Blick zuckt diese nur die Schultern. »Die sind von meiner Schwester. Ich habe ihr geheimes zweites Handy entdeckt und verrate nichts, dafür kann ich mir jetzt immer etwas von ihr wünschen. Also hier, kleb du die Zettel an die wichtigen Stellen, ich fange schon mal mit dem Plakat an.«

Martha und Belinda gehen beide in die 5. Klasse und müssen gerade ein Plakat zum Thema Arbeit erstellen. Sie sollen ein Referat darüber halten, warum es so wichtig ist, später eine gute Arbeit zu haben und was für unterschiedliche Berufszweige es alles so gibt. Doch nicht das ist es, was Belinda Bauchschmerzen bereitet, sondern, dass ihre Lehrerin ihnen heute auch zur Aufgabe gemacht hat, ihre Väter nach ihrer Arbeit zu befragen und darüber in der Klasse zu berichten. Wer kann, darf seinen Vater auch mitbringen und dieser kann dann vor der Klasse von seiner Arbeit erzählen.

Vor zwei Wochen waren die Mütter dran und Belinda war so stolz, dass ihre Mutter sich extra frei genommen hatte und in den Unterricht gekommen ist. Alle haben ihr danach gesagt, wie hübsch und jung ihre Mutter noch wäre und Belinda war über-glücklich. Doch seitdem ihre Lehrerin die Väter angesprochen hat, steckt ihr ein kratzender Kloß im Hals, der eigentlich immer da ist, den sie aber so oft es geht herunterschluckt, doch momentan scheint es einfach unmöglich.

Martha kennt sie genau, sie sind gute Freunde, auch wenn Martha noch andere beste Freundinnen hat, deswegen räuspert sie sich auch nach einer Weile, während beide still vor sich hinarbeiten. »Was willst du wegen deinem Vater sagen? Hast du eine Idee, was er arbeiten könnte?« Martha kennt ihre Situation, dass sie nichts von ihrem Vater weiß und auch ihre Mutter deswegen nicht wieder traurig machen möchte.

Belinda schüttelt den Kopf, während sie weiter die gelben Zettel einklebt. »Ich habe mal geträumt, dass er Polizist ist, ich weiß nicht wieso, aber ich habe das Gefühl, dass er so etwas in der Art auch macht.« Sie spürt Marthas Blick auf sich. »Das ist doch cool, schreib das doch einfach, mein Vater der Rechtsanwalt, dein Vater Polizist, das ist doch tausendmal besser als Marlene, die Arme, ihr Vater arbeitet bei der Müllabfuhr, ich sehe ihn ständig unseren Müll abholen.« Martha schüttelt sich und Belinda klebt unbeirrt weiter.

Ihr wäre es egal, was für einen Beruf ihr Vater hat, solange sie überhaupt etwas von ihm wüsste. »Was hältst du davon? Dein Vater ist Seemann oder Astronaut, deswegen ist er auch ständig unterwegs und ist selten zu Hause oder er ist ein Arzt und rettet Menschen in Afrika, ich glaube, das ist das Beste.« Belinda lacht leise und stößt mit Martha mit ihren Coladosen an, die Idee mit dem Arzt gefällt auch ihr am besten.

Genau in dem Moment kommt Marthas ältere Schwester ohne anzuklopfen in ihr Zimmer. »Hast du schon wieder meinen Lip-penstift geklaut? Hi Belinda.« Belinda nickt ihr zu und Martha geht genervt an eine Schublade und kramt einen Lippenstift hervor. Weder sie noch Belinda dürfen sich schon schminken, aber sie haben schon mehr als einmal die Schminke von Marthas Schwester und auch deren Kleidung ausprobiert.

»Du weißt, dass ich mir deine Sachen leihen darf, solange ich Papa nichts von deinem zweiten Handy erzähle.« Marthas Schwester verdreht die Augen und sieht zu Belinda und den Klebezetteln. Auch wenn die beiden Schwestern sich oft streiten, verstehen sie sich eigentlich sehr gut und Belinda wünschte, sie hätte auch so eine tolle und hübsche Schwester. »Was macht ihr da?« Martha kommt zurück zu Belinda an den Schreibtisch.

»Wir überlegen uns gerade, was für einen Job Belindas Vater haben könnte, dass er selten zu Hause ist, es muss etwas richtig Cooles sein.« Marthas Schwester sieht lächelnd zu Belinda. Natürlich weiß sie, dass Belinda gar keinen Vater hat oder zumindest nichts von ihm weiß. Sie zuckt die Schultern und wendet sich zum Gehen um. »Sei froh, dass du keinen Vater hast. Später, wenn du dich mal verliebst und länger wegbleibst, machen die nur Ärger und wollen dein Leben zerstören.« Doch bevor sie ganz das Zimmer verlässt, hält sie noch einmal ein. »Schreibt, dass er für die Regierung arbeitet und für die Sicherheit des Landes sorgt und deswegen immer unterwegs und alles streng geheim ist.« Sie zwinkert ihnen zu und verlässt den Raum, während Martha begeistert in die Hände klatscht. »Das ist perfekt!«

»Wo sind meine hübschen Prinzessinnen?« Sobald die laute Stimme von Marthas Vater durch das Haus donnert, halten sie alle ein.

Martha springt begeistert auf und läuft in den unteren Stock des Hauses, wo ihr Vater in einem dunklen Anzug steht und etwas hinter seinem Rücken versteckt. »Papa.« Martha umarmt ihn glücklich und Belinda folgt ihr langsam. Sie mag Marthas Vater und wünschte sich, dass ihr Vater genau wie er ist und sie ihn bald einmal kennenlernen wird.

Der Vater holt hinter seinem Rücken eine rosa Rose hervor. »Für meine Prinzessin Nummer 1.« Martha quietscht vergnügt und gibt ihrem Vater einen Kuss. Der Vater strahlt Belinda an und hält auch ihr eine Rose hin. »Da ich wusste, dass Prinzessin Nummer 2 heute auch bei uns ist …« Belinda nimmt die schöne Blume entgegen und riecht daran. Sie spürt, wie ihr Wärme in die Wangen fährt und bedankt sich höflich. Der Vater lächelt und schiebt sie beide in Richtung Küche. »Dann sehen wir mal nach, ob unsere Prinzessin Nummer 3 wieder mit mir redet, und dann mache ich euch die leckersten Spaghetti der Welt, einverstanden?«

Belinda liebt es, das mag sie am meisten im Haus ihrer Freundin Martha. Sie liebt es, zu beobachten, wie schön das Leben in so einer kompletten Familie sein kann und sie spürt erneut, wie sehr sie sich das auch wünscht. Es wäre ihr egal, was ihr Vater von Beruf ist und sie würde auf einen Freund und alles andere verzichten, wenn sie nur einmal die Möglichkeit hätte, einen Tag mit ihrem Vater zu verbringen.

Kapitel 1

Während Belinda hinter Ponce und Alejandro im Auto langsam in die Stadt Arecibo einfährt, entdeckt sie rosa Rosen am Straßenrand und muss an diesen Tag zurückdenken. Die Wege von Martha und ihr haben sich nach der 6. Klasse getrennt, doch trotzdem war diese Familie immer der Inbegriff einer perfekten Familie für sie.

Sie sind schon an zwei Werbeplakaten vorbeigefahren, auf denen sie abgebildet war. Roman hat sich jedes Mal nur leise geräuspert, doch keiner hat etwas dazu gesagt, trotzdem war die Situation merkwürdig. Sie hat jetzt Brüder. Nach all den Jahren hat sie erfahren, wer ihr Vater ist, ja, sie sitzt gerade jetzt mit ihren Brüdern im Auto, und doch fühlt sich all das so ganz anders an, als sie es sich immer vorgestellt hat. Sie versteht diese Welt, in die sie hier gerade hineingezogen wird, nicht, sie weiß nicht, was hier passiert oder wie genau das Leben hier funktioniert.

Belinda hat sich gewünscht, ihren Vater zu treffen, seit sie denken kann, doch jetzt sitzt sie hier im Auto und fragt sich, wie sie so naiv gewesen sein konnte und nie darüber nachgedacht hat, was dann passiert. Wie es weitergeht, wenn sie ihn gefunden hat. Jetzt ist sie zweiundzwanzig, sie kann doch nicht ernsthaft glauben, dass sie und ihr Vater diese vielen Jahre, die sie verloren haben, einfach ignorieren können. Sie kennt weder ihn noch die Männer, mit denen sie hier im Auto sitzt und die ihre Brüder sein sollen.

Sie hat die ganze Zeit über geschwiegen, seitdem sie sich ins Auto gesetzt haben, ihr Kopf arbeitet auf Hochtouren, sie hört noch immer ihren eigenen Puls in ihren Ohren rasen. Wer hat das Pablo angetan, wieso sind Camilla und sie jetzt in Gefahr? Belinda versteht das nicht. Sie denkt an die Worte, die Alejandro Dante förmlich vor die Füße gespuckt hat, dass sie alle nur am noch am Leben sind, weil sie nicht wussten, dass Belinda ihre Schwester ist, weil sie alle das nicht wussten. Ist das sein Ernst? Wieso hätte er ihnen sonst etwas getan? Belinda begreift all das nicht, doch sie hofft, bald alle Antworten zu bekommen, die sie braucht, um das Durcheinander in ihrem Kopf ein wenig in Ordnung zu bringen.

Als sie damals mit dem Bus nach Arecibo gefahren ist, um ihren Vater zu suchen, hat sie über eine Stunde gebraucht, Alejandro hat den Weg mit seinem schnellen Wagen in etwa vierzig Minuten geschafft. Irgendwann hat er am Handy mit jemandem gesprochen. Belinda geht davon aus, dass es ihr Vater gewesen sein muss. Alejandro hat genervt erklärt, dass sie sie haben und dass es ihr gut geht. Belinda hat nicht nur seinen Blick ständig auf sich gespürt, auch die anderen sehen sie immer wieder an, deswegen blickt Belinda auch aus dem Fenster und versucht all das auszublenden. Sie kann ihre Blicke nicht deuten, kennt sie nicht, weiß nicht, wie sie all das, was hier gerade passiert, finden oder was sie über sie denken.

Wie muss das für sie sein? Plötzlich sagt ihnen ihr Vater, sie hätten eine Schwester und dass sie sich um sie kümmern sollen, und offenbar gefällt ihnen die Freundschaft zwischen Belinda, Camilla und den Los Puentes auch nicht wirklich. Die Blicke, die sich alle zugeworfen haben, lassen ihr noch immer eine kalte Gänsehaut den Nacken hochkriechen. Belinda wünscht sich Antworten auf all diese Fragen und kann nur hoffen, dass sie die von ihrem Vater erhalten wird.

»Ist alles in Ordnung bei dir? Wir sind gleich da.« Ponce wendet sich wieder zu ihr um, Belinda blickt nun endlich nicht mehr aus dem Fenster, sondern sieht ihrem Bruder in die dunklen Augen. Es ist unwirklich für sie, und sie spürt ihr Herz immer schneller rasen. Sie fingert an ihrem schwarzen Rock herum und prüft, ob ihr Zopf noch fest genug ist. Auf das hübsche Gesicht von Ponce legt sich ein Lächeln und die Grübchen, die er immer hat, verstärken sich noch. Er ist dunkler als sie. Es ist nicht so offensichtlich wie bei Alejandro, doch auch bei Ponce entdeckt Belinda einige Gemeinsamkeiten. Sie haben die gleiche Nase, und obwohl Belinda ihn erst das zweite Mal sieht, kann sie nicht leugnen, dass er ihr trotzdem nicht wirklich fremd ist, ein merkwürdiges, vertrautes Gefühl, was sie nicht zuordnen kann, überkommt sie, wenn sie ihm in die Augen sieht.

»Ich bin etwas nervös, beim letzten Mal als ich hier war, bin ich nicht sehr nett empfangen worden.« Sie fahren wieder auf das Grundstück, auf das sie Roman auch beim ersten Mal mit hingenommen hat, die Wachen nicken ihnen nur kurz zu. Hinter ihnen folgt direkt das andere Auto, in dem der Mann mit der Augenklappe, Sergio, und noch zwei ihr unbekannte Männer sitzen. Das Tor schließt sich hinter ihnen, und noch immer sieht sie Ponce an. »Das war etwas anderes, keiner von uns wusste, dass du ... na ja ... unsere Schwester bist. Levi ist hier und hat alle eingeweiht. Glaube mir, es gibt jetzt niemanden mehr, der dich auch nur schief ansieht.«

Roman neben ihr stupst sie sanft an ihrer Schulter an, offenbar sieht man ihr an, wie unsicher sie sich fühlt. »Du gehörst jetzt zu uns.« Belinda hätte früher alles getan, um einmal diese Worte zu hören, doch nun weiß sie nicht, ob es so gut ist, dass sie zu ihnen gehört. Sie fahren in eine der vielen Garagen, die am Anfang des großen Gebietes stehen. Wie schon beim letzten Mal stehen wieder eine Menge an teuren Wagen davor, Alejandro drückt einen Knopf auf seinem Autoschlüssel und eine der Garagen öffnet sich. Darin stehen neben unzähligen Autos auch kleine und sogar einige größere Boote.

Alejandro hält und Belinda gibt sich Mühe, nicht zu auffällig alles anzustarren. Ponce steigt als Erster aus und hält ihr die Tür auf. Als sie aussteigt, bleibt sie unsicher vor ihm stehen, streicht ihre Kleidung glatt und überprüft noch einmal ihren Zopf. Ponce überragt sie um einen Kopf und wieder lächelt er auf sie herab. »Keine Sorge, du bist sehr hübsch. Wir werden als Brüder jetzt sicherlich viel zu tun haben. Du hast keinen Grund, nervös zu sein.« Belinda versucht zu lächeln, doch es fällt ihr sehr schwer.

Der Mann, der im anderen Auto saß, tritt nun auch zu ihnen, er hat ebenfalls eine gewisse Ähnlichkeit mit ihr, wenn auch nicht so stark wie Alejandro. Er ist nicht ganz so dunkel wie Ponce und Alejandro, doch an den Augen, der Nase und seinem Lächeln erkennt Belinda sofort, dass auch er mit ihnen verwandt sein muss. Sie hat vom ersten Moment an geglaubt, dass er Santos, ihr dritter Bruder sein muss. Belinda schätzt ihn als den Mittleren ein, etwas jünger als Alejandro, jedoch älter als Ponce und sie. Als er sie jetzt kurz umarmt, ist sie zwar kurz überrascht, doch sie spürt sofort, dass es ehrlich gemeint ist und von Herzen kommt.

»Ich bin Santos, wir freuen uns wirklich, dass du unsere Familie gefunden hast und dass wir jetzt eine Schwester haben.« Belinda sieht den gleichen Schriftzug 'Cinco Sombras' auch auf seinem Arm, den sie bereits bei Alejandro entdeckt hat. Kaum denkt sie nur seinen Namen, tritt Alejandro neben Ponce und räuspert sich. Im Gegensatz zu Santos und Ponce zeigt sich auf seinem Gesicht kein Lächeln.

Er ist noch einmal einen halben Kopf größer als Ponce, Alejandro blickt auf sie herab. »Fertig mit der Familienzusammenführung?« Ponce und Santos sind beide sehr hübsche Männer, doch Alejandro strahlt etwas anderes aus, er wirkt allen anderen überlegen, mächtiger und erinnert sie deshalb sehr an Vidal, auch wenn der nie so kalt zu ihr war. Belinda fröstelt es regelrecht unter Alejandros abschätzigem Blick auf sich. Gleichzeitig muss sie ihm ins Gesicht sehen, es ist faszinierend, was für Ähnlichkeiten sie haben. Ob er es auch bemerkt? Aber wahrscheinlich ist es ihm eh egal. Belinda hat das Gefühl, er will all das nur so schnell wie möglich hinter sich bringen.

Als hätte er ihre Gedanken gelesen, seufzt Alejandro genervt auf und deutet auf eine Tür. »Lass uns gehen und bleib fürs Erste neben mir!« Er geht los und Belinda muss sich beeilen, um Schritt halten zu können. Hatten sie nicht gerade gesagt, dass sie hier nichts zu befürchten hat? Sie blickt zu ihm und entdeckt ein leichtes Grinsen in seinem Gesicht. Nimmt er sie gerade auf den Arm? Belinda will etwas erwidern, da holen Roman, Ponce und der Mann mit der Augenklappe sie ein. Sie gehen direkt auf den großen Gemeinschaftsgarten zu und Belinda sieht, wie voll dieser ist, es sind viel mehr Menschen hier versammelt, als beim letzten Mal, als sie hier war und da war ihr das alles schon zu viel.

»Bei all dem Puente-Scheiß wurden wir uns noch gar nicht vorgestellt. Ich bin Adrian, neben Roman und Levi dein bestaussehender Cousin.« Der Mann mit der Augenklappe lächelt sie an und Roman neben ihm lacht laut auf. Ihr Cousin? Belinda sieht zu Adrian und lächelt, auch wenn sie selbst spürt, dass es nicht wirklich echt ist. Wirkt Alejandro mächtig und gefährlich, so bereitet Adrians Anblick einem ein Gefühl der Angst. Selbst wenn er lächelt wie jetzt, sieht sein Gesicht verzerrt aus, seine Haut ist auf der einen Gesichtshälfte vernarbt, auf der er auch eine Augenklappe trägt und Belinda fragt sich, was ihm passiert ist.

Sie kommt wieder nicht dazu, irgendetwas zu sagen, alle versammelten Menschen bemerken sie und sehen zu ihnen. In diesem Augenblick ertönt ein schrilles Quietschen und eine junge Frau kommt angerannt, sie ist sicherlich auch erst Anfang zwanzig wie sie, aber Belinda erkennt sofort, dass es sich um Romans Schwester handeln muss, also ihre Cousine, die genau die gleichen grünen Augen wie ihr Bruder hat. »Das ist …«

Belinda wird fast umgeworfen, als ihre Cousine sie umarmt.

»Du weißt gar nicht, wie sehr ich mich gefreut habe, dass ich eine Cousine habe.« Belinda lacht leise, als ihre Cousine, die auch ein wenig größer als sie ist, sie beherzt an sich drückt. Ein angenehmer Vanilleduft umhüllt sie, und als sie ihren Griff etwas löst, bemerkt Belinda, wie schön ihre Cousine ist.

Sie hat lange schwarze Haare, die in weichen Wellen bis über ihre Schultern fallen, ihr Gesicht ist ungeschminkt und wunderschön, besonders die grünen Augen stechen heraus. Auch sie sieht Belinda von oben bis unten an. »Alena, lass sie am Leben, du überforderst sie.« Alejandro geht an ihnen vorbei und schüttelt den Kopf.

»Verdammt, bist du hübsch. Alejandro, deine Schwester hat die gleichen Augen wie du, ich hätte nicht gedacht, dass neben euch drei so eine hübsche Schwester existieren kann. Bist du nicht auch auf den Plakaten, die überall aushängen?«

Belinda spürt einen Arm, der sich um ihre Schulter legt und versteift sich ein wenig, als sie bemerkt, dass es Adrian ist, der Alena an einer ihren langen Haarsträhnen zieht, wenn auch nicht sehr kräftig. »Sie gehört zu unserer Familie, natürlich sieht sie gut aus.« Belinda atmet tief ein, sie muss sich sortieren und zusammennehmen. Das war es doch, was sie immer wollte, wieso fällt es ihr jetzt so schwer, locker zu bleiben?

»Ja, kurz nachdem ich in Puerto Rico angekommen bin, habe ich an einem Shooting teilgenommen. Es waren viele Models da und ich nur eine unter ihnen … es war also nichts Besonderes.« Adrian und Alena führen Belinda in den Garten hinein, wo nun wirklich alle zu ihr blicken. Alejandro stellt sich gerade auf die Stufen des großen Hauses, in dem sie das letzte Mal ihren Vater getroffen hat. Ihre anderen Brüder entdeckt sie nirgendwo. »Aber deine Bilder hängen überall, also ist es doch etwas Besonderes, zum Glück hast du das gemacht, bevor herauskam, dass du zu uns gehörst, dann hätte der Fotograf sich niemals getraut, diese Aufnahmen zu machen.« Alena lächelt. »Wieso das?« Adrian mischt sich wieder ein. »Alena, sie weiß noch nicht viel über uns, lass das deinen Onkel machen, er wird sie über alles aufklären.«

Belinda behält eigentlich immer einen kühlen Kopf, sie ist nicht so schnell wie andere Leute aus der Ruhe zu bringen doch nun ist sie vollkommen überfordert mit der Situation, sie weiß nicht, ob sie lachen oder weinen soll.

Sie hat ihre Familie gefunden, die, von der sie immer geträumt hat, doch dass sie so groß und … wild ist, hat sie sich in ihren verrücktesten Träumen nicht vorgestellt und sie überlegt immer noch, ob sie lachen oder ob sie sich umdrehen und abhauen soll, doch sie ist so überfordert, dass sie gar nicht reagieren kann. Und als sie jetzt in all diese vielen Gesichter sieht, die sie anblicken, schluckt sie schwer.

20

Das hier ist ohne jede Frage eine Familia. Eine große, gefährliche Familia.

Plötzlich ist sie froh, dass Alena und Adrian so dicht bei ihr stehen. Fast alle Männer, die hier versammelt sind, sind in ihrem Alter, vielleicht so alt wie Alejandro, aber es gibt nur wenige viel ältere, und diese wenigen sitzen alle entspannt um Tische an den Seiten herum. Alle anderen wirken angespannt und aufgeregt. Belinda erkennt viele wieder, die sie auch schon am Hafen gesehen hat, sie sind die Familia, mit denen sich Vidal und Dante immer Blicke zugeworfen haben, die tödlich hätten sein können. Bei fast allen Männern bemerkt sie irgendwo eine Waffe und sie alle sehen gefährlich aus.

Es ist nicht so, dass sie irgendwie wild oder merkwürdig aussehen, im Gegenteil. Die meisten Männer hier sind wie ihre Brüder dunkel, durchtrainiert, sehr gepflegt und sehen attraktiv aus, und doch haben sie alle etwas an sich, was einem sofort vermittelt, dass sie alle bereit sind. Nur, wozu sie bereit sind, kann Belinda noch nicht einschätzen und sie weiß auch wirklich nicht, ob sie das tatsächlich erfahren möchte.

Alejandro räuspert sich und alle halten ein mit dem, was sie getan haben und blicken zu ihm. »Ist er so etwas wie der Boss hier?« Belinda weiß nicht, wie sie anders danach fragen soll, diese Macht benennen soll, die spürbar von ihrem ältesten Bruder ausgeht. Adrian lacht leise. »Dein Vater ist der Anführer der Cinco Sombras und Alejandro sein Nachfolger. Wenn du mehr von uns erfährst, wirst du all das besser verstehen.« Belinda weiß immer noch nicht, ob sie all das überhaupt möchte. Es ist ruhig, bis ihr Handy klingelt. Wieder schnellen alle Blicke zu ihr um, und Belinda kramt schnell in ihrer Tasche und fischt ihr Handy heraus.

Es ist April, sie haben gestern nur kurz miteinander gesprochen, da Camilla ja bei ihr übernachtet hat. Belinda ignoriert die Blicke auf sich und nimmt das Gespräch schnell an. »April, ich kann grad nicht, ich rufe dich zurück, sobald ich kann.« April kennt sie besser als sonst ein Mensch, neben ihrer Mutter und ihrer Tanta Laura stand sie ihr am nächsten und sie hört sofort, dass etwas bei Belinda nicht stimmt, deswegen stockt sie kurz. »Ist alles in Ordnung?« Belinda sieht nach vorn und trifft sofort auf Alejandros Blick, der auf sie gerichtet ist. »Ich hoffe es, ich rufe dich zurück.« Sie legt auf, ohne Alejandro aus den Augen zu lassen, der ihr andeutet, zu ihm zu kommen.

Belinda bahnt sich vorsichtig den Weg durch die fremden Leute auf das Haus zu, vor dem Alejandro auf den Treppen steht. Er trägt eine schwarze Jeans und ein einfaches weißes Shirt. Erst jetzt fällt Belinda auf, dass sie auch von der Kleidung her zusammen passen, als wäre die optische Ähnlichkeit, die sie zweifellos haben, nicht schon genug.

Sie sieht auf den Boden, am liebsten wäre sie unsichtbar, als sie sich an allen vorbeischleicht. Es gibt auch einige Frauen hier, doch das sind wirklich nur ganz wenige. Plötzlich tauchen wieder diese kleinen Welpen, die sie bereits beim letzten Mal hier gesehen hat, auf und rennen wild tobend an ihr vorbei. Fast wäre Belinda ins Straucheln gekommen, doch sie reißt sich zusammen und geht die Stufen zu Alejandro hoch.

Während die Anwesenheit von Alena und ja selbst die von Adrian Belinda irgendwie beruhigt hat, macht sie die Nähe zu Alejandro jetzt nur noch nervöser. Trotzdem stellt sie sich neben ihn und blickt auf alle anderen herab. Genau in dem Moment tauchen Ponce und Santos auch neben ihr auf und Belindas Herz schlägt immer schneller, als Alejandro zu allen Anwesenden zu sprechen beginnt.

»Vielleicht haben die ein oder anderen schon erfahren, dass wir seit einigen Tagen erst wissen, dass wir eine Schwester haben.« Belinda spürt, wie Alejandro zu ihr blickt, doch sie sieht weiter stur auf die weichen Wollknäuel, die sich auf dem Rasen vor ihr herumdrehen und einen verspielten Kampf beginnen. Sich auf Babyhunde zu konzentrieren, scheint für sie gerade so viel besser, als die Menschen hier genauer anzusehen.

»Das ist Belinda, und sie ist wie schon gesagt unsere Schwester. Wir haben sie gerade vom Hafen abgeholt, nachdem wir die Blätter bekommen haben und gehört haben, dass sie von irgendwelchen Idioten zum Abschuss freigegeben wurde, weil sie auf einer Party etwas gesehen hat, was sie nicht hätte sehen sollen. Natürlich wissen diejenigen nicht wer sie ist und dass sie zu uns gehört oder besser gesagt, noch nicht. Ich möchte, dass jeder hier seine Kontakte spielen lässt, wirbelt alles um und gebt so laut Bescheid, dass sie eine Sombras ist, dass es auch im letzten Versteck ankommt, damit alle wissen, dass jeder, der ihr zu nahe kommt, unsere ganze Macht zu spüren bekommt. Es soll wirklich jeder erfahren.«

Ein zustimmendes Gemurmel macht sich breit und Belinda kann nicht anders und sieht geschockt zu Alejandro. So war das alles gar nicht und wie kann er so einfach sagen, sie ist nun eine von ihnen, sie hat ja noch nicht einmal mit ihrem Vater gesprochen, geschweige denn entschieden, wie all das nun für sie weitergehen soll. Belinda kneift einen Augenblick die Augen zusammen, sie kommt sich vor, als wäre sie in einem falschen Film und wacht jede Minute auf.

Die Männer auf der Wiese verteilen sich währenddessen, offenbar ist Alejandros Ansage damit vorbei. »Ich habe schon alles in die Wege geleitet, es wird heute Abend gegrillt, wir wollen eure Schwester in der Familia willkommen heißen.« Ein Mann lächelt freundlich zu ihnen, doch Belinda kann fast gar nicht mehr reagieren, sie ist viel zu sehr überrumpelt von all den Geschehnissen. Sie spürt Alejandros Arm an ihrem Rücken und wie er sie vorsichtig in Richtung des Hauses schiebt. »Das ist eine gute Idee.«

In die Familia aufnehmen? Grillabend? Haben sie nicht gerade verkündet, dass sie zur Ermordung freigegeben wurde? War sie nicht erst vor einigen Tagen hier und wurde unsanft abgewiesen? Hat sie nicht noch vor wenigen Stunden Pablo zusammengeschlagen vorgefunden? Wie soll sie all das jemals in ihrem Kopf sortieren und verarbeiten?

Sie betreten das Haus, Belinda ist froh, dass Alejandro hinter ihnen die Tür schließt, nur Santos ist mit ihnen gekommen. Wieder durchqueren sie die gigantische weiße Eingangshalle und gehen in die Küche, wo Santos direkt den Kühlschrank ansteuert und Belinda fragt, was sie trinken möchte. Belinda nimmt genau wie er eine kalte Dose mit Limonade, da kommt eine Haushälterin herein und fragt, ob sie Hunger haben, sie wollte gerade etwas kochen.

Alejandro sieht sie fragend an, doch Belinda schüttelt nur den Kopf, Essen ist gerade das Letzte, was sie möchte. »Wo ist … Ramiro?« Belinda setzt sich neben Santos an die riesige amerikanische Kochinsel in der Mitte der Küche, während sich Alejandro dagegen lehnt und auf seinem Handy herumdrückt.

»Unser Vater war gerade in Europa, er befindet sich aber schon auf dem Rückflug, heute Nacht oder morgen früh ist er wieder zurück, ich zeige dir gleich, wo du schlafen kannst.« Alena kommt ins Haus und kommt fröhlich zu ihnen. »Ich soll hier schlafen? Davon war nie die Rede, ich habe überhaupt nichts dabei und ich habe ein Zimmer im …«

Alejandro legt das Handy weg und holt eine Waffe aus seinem Hosenbund, die er auf den Tresen legt, bevor auch er zum Kühlschrank geht und sich etwas zum Trinken herausnimmt. Auch wenn Belinda jetzt schon ein paar Wochen hier ist, hat sie sich noch nicht daran gewöhnt und kann ein Zusammenzucken nicht verhindern. »Buenito, Zimmer 302. Und wenn wir das so schnell und ohne Probleme herausbekommen haben, werden das andere auch tun können, besonders wenn die Los Puentes jetzt wissen, dass du zu uns gehörst.«

Belinda blickt Alejandro ungläubig in die Augen. »Dante, Benito und alle anderen würden mir nie etwas tun oder mich gefährden, du hast doch gesehen, dass sie mich schützen wollten.« Plötzlich ändert sich Alejandros Blick, davor hat er sie gleichgültig angesehen, nun sieht er aus, als würde er jede Minute zerplatzen vor Wut. »Was genau hat sie mit diesen Bastarden zu tun?« Selbst Santos, der so viel ruhiger als Alejandro wirkt, hat etwas Gereiztes in der

Stimme. »Das werden wir noch genau herausbekommen. Aber erst solltest du mit unserem Vater reden, um wirklich alles zu verstehen. Komm, ich zeige dir dein Zimmer, eine Nacht hier wird dich schon nicht umbringen, im Gegenteil, du bist gerade nirgends so sicher wie hier.«

Alena tritt zu Belinda und hakt sich bei ihr ein. »Genau, außerdem feiern wir gleich. Ich suche dir einige Klamotten von mir heraus, die dir passen müssten. Ich war gerade erst shoppen und alles ist noch ganz neu, ich bin gleich wieder da.« Mit diesen Worten ist sie auch schon wieder verschwunden. Alejandro, der zu einer weißen Marmortreppe geht, die nach oben führt, verdreht etwas die Augen. Belinda folgt ihm, sie soll hier schlafen? Das ist das Letzte, womit sie gerechnet hat, andererseits hat sie ja mit eigenen Augen gesehen, was mit Pablo passiert ist, vielleicht ist es wirklich besser, hier auf ihren Vater zu warten und sich alles erklären zu lassen.

Sie weiß es nicht, sie weiß einfach nicht, wie sie als nächstes handeln soll und das ist ihr sehr selten in ihrem Leben passiert. Belinda folgt erst einmal Alejandro, der in den ersten Stock geht.

An den Seiten der Treppe hängen einige Bilder, sie zeigen ihren Vater mit den Söhnen, ihren Vater mit anderen Männern, ihren Vater mit einer Frau, die sicherlich die Mutter ihrer Brüder ist, doch da Alejandro so schnell ist, muss sich Belinda beeilen, um ihm folgen zu können.

Sie betreten einen riesigen Flur, von dem sicherlich zehn Zimmer abgehen, dazu führt eine weitere Treppe nach oben. Alejandro öffnet eines der Zimmer und Belinda betritt einen Traum in weiß und beige. Sie sieht auf ein riesiges Bett mit vielen Kissen, mehrere weiße edle Kommoden und ein weißer Schreibtisch stehen an den Wänden. Der Boden ist mit beigefarbenem weichem Teppich ausgelegt. Belinda sieht ein Bad und einen begehbaren Kleiderschrank, der vom Zimmer abgeht, sogar einen Kamin gibt es hier. Und man blickt auf den großen privaten Garten mit Pool, den Belinda auch schon auf der Terrasse beim ersten Aufeinandertreffen mit ihrem Vater bemerkt hat.

»Gib mir deine Handynummer.« Belinda wird aus ihren Gedanken gerissen und wendet sich zu Alejandro um, der im Türrahmen stehen geblieben ist. Auch wenn sie sich darüber ärgert, dass er es offenbar überhaupt nicht gewohnt ist, höflich nachzufragen, gibt sie ihm die Nummer und kurz danach klingelt es mehrmals. Er hat ihr die Handynummern von Ponce, ihrem Vater, einem Ignacio, Santos, Levi, Roman, Adrian, Alena und schließlich auch seine eigene geschickt. »Du kannst so jeden erreichen. Ich muss noch etwas erledigen. Alena bringt dir gleich Sachen ...« Er will sich abwenden, doch dann hält er ein und blickt sich noch einmal zu ihr um.

Belinda weiß nicht, was für einen Anblick sie dort völlig durcheinander in diesem riesigen Schlafzimmer gerade bieten muss, doch für einen winzigen Augenblick wird Alejandros Blick weicher. »Ruh dich aus, die Feier beginnt bald und du solltest die gesamte Familia kennenlernen.« Mit diesen Worten geht er und schließt die Tür.

Belinda setzt sich auf das Bett. Als sie auf ihr Handy und all die neuen Nummern blickt, merkt sie, dass ihre Hand zittert. Sie versucht sich zusammenzureißen und möchte April zurückrufen, doch noch bevor sie ihre Nummer anwählt, hält sie ein und spürt, wie ihre Tränen ihr die Wangen herunterlaufen.

Wie soll sie ihr das alles erklären, was sie gerade miterlebt? Bis jetzt konnte sie ihr das von Camillas Beobachtungen nicht erzählen, wie soll sie all das hier verstehen, wo sie selbst es nicht begreift?

Sie wählt Camillas Nummer, das Handy ist aus. Belinda legt ihr Handy zur Seite, vergräbt ihr Gesicht in den Handflächen und versucht, wieder klar denken zu können.

Was zur Hölle passiert hier gerade?

Kapitel 2

Sie braucht einige Minuten, um sich wieder zu fassen, doch dann nimmt sie erneut ihr Handy und ruft ihre beste Freundin an. Während es klingelt, denkt sie daran, wie April gerade im verregneten Portland in ihrer Boutique steht. Wie gern würde sie jetzt bei ihr am Tresen sitzen und ihr alles in Ruhe berichten. April weiß alles von ihr, doch einige der Sachen, die sie hier in Puerto Rico gerade erlebt, kann Belinda ihr nicht einfach so durch das Telefon erklären. Augenblicklich erscheinen ihr die Bilder des toten Mannes vor dem inneren Auge und sie reibt sich müde die Augen. Sie weiß nicht, ob sie das überhaupt jemals erzählen kann.

»Hallo mein Sonnenschein, hattest du nicht versprochen, etwas Sonne vorbeizuschicken?« Belinda legt sich zurück, nachdem April abgenommen hat.

»Habe ich versucht, doch die wollte hierbleiben. Regnet es gerade so viel?« Sie hört es rascheln und kann sich bildlich vorstellen, wie April das Handy zwischen ihrer Schulter und dem Ohr festgeklemmt hat und T-Shirts faltet, während sie telefonieren. »Ja, ununterbrochen. Dafür, dass du den Sonnenschein, den Strand und einen heißen Kerl namens Vidal hasst, hörst du dich aber ziemlich frustriert an.« April kennt sie einfach zu gut.

»Ich habe dir doch erzählt, dass mein Vater es sich doch noch einmal anders überlegt hat und mit mir sprechen möchte.« Sie hört ein zustimmendes leises Murren. »Ja, und du solltest ihm diese Chance geben.« Belinda schließt die Augen. »Ich kann dir am Telefon nicht alles so gut erklären, aber irgendwie wurde unser Café heute überfallen, und auf einmal sind meine Brüder aufgetaucht. Ich habe ja jetzt gleich drei davon und die haben mir gesagt, ich solle mitkommen und dass mein Vater mit mir sprechen möchte. Na ja, nun sitze ich hier in einem riesigen Luxusschlafzimmer und soll hier übernachten, mein Vater kommt morgen, und heute Abend soll es eine Feier für mich geben. Hier ist eine Cousine, die gerade ihren Kleiderschrank für mich plündert, aber irgendwie fühle ich mich wie in einem falschen Film. Ich habe das Gefühl, ich sollte einfach gehen, diese Welt hier ist nichts für mich, April, du kannst dir gar nicht vorstellen, wie anders es hier ist.«

Sie hört, dass April richtig ans Telefon kommt. »Natürlich ist es anders, Belinda, aber das muss ja nicht automatisch schlecht sein. Ich finde es großartig. Sieh dich an, vor einigen Wochen standest du ganz ohne Familie da, nun bist du in Puerto Rico, hast deinen Vater und drei Brüder gefunden und sogar eine verrückte Cousine, dazu hast du Vidal, einen Job und sogar als Model gearbeitet. Ich bin in der Zeit noch nicht einmal dazu gekommen, die neue Kollektion zu bestellen.«

Belinda lässt sich wie immer von Aprils Lachen anstecken, doch dann stockt sie erneut. »Ja, das ist auch so eine Sache, irgendwie scheint meine Familie Vidal und seine Familie nicht besonders zu mögen, das ist auch etwas, zu dem ich einige Fragen an meinen Vater habe.« April faltet offenbar weiter die Shirts.

»Also ich rate dir, den Abend heute zu genießen und morgen mit deinem Vater zu sprechen, dann kannst du immer noch weiter entscheiden. Wenn es dir aber wirklich so schlecht geht, dann versuche ich eine Aushilfe zu finden und komme zu dir. Ich bin immer für dich da, das weißt du, oder Süße?«

Belinda treten wieder Tränen in die Augen, sie kann es nicht erwarten, April alles zu erzählen, so kann sie gar nicht wirklich nachvollziehen, in was für einer Situation sie gerade ist. »Belinda?« Alena ruft sie von unten. »Es geht schon, ich rufe dich morgen an, wenn ich mit meinem Vater gesprochen habe, meine ... Cousine ist wieder da.« April lacht leise, auch für Belinda fühlt es sich noch sehr fremd an, so etwas zu sagen. »Okay, und mach mal ein paar Bilder deiner Brüder und schick sie mir. Ich bin schon sehr gespannt. Ach so, hat Lewis dich erreicht? Er hat mich die letzten Tage immer wieder angerufen, doch ich bin nicht rangegangen.«

Belinda steht auf und öffnet die Tür, als sie Alena noch einmal rufen hört. »Nein, ich habe momentan auch gar nicht die Nerven, mich auch noch mit ihm auseinanderzusetzen, ignoriere ihn einfach, das ist eh das Beste, was man mit dem machen kann.« Sie verabschieden sich und Belinda ruft nach unten, dass sie im ersten Stock sei. Sie lässt die Tür offen und betritt das gigantische Bad. Es gibt eine Badewanne, die so groß ist wie das gesamte Bad in ihrer alten Wohnung, eine separate Dusche, alles glänzt und funkelt. Belinda sieht in den Spiegel und stöhnt leise auf.

Heute morgen sah sie noch so frisch aus, ihre Augen haben gestrahlt, ihre Haut hat mittlerweile eine schöne Bräune bekommen, jetzt sieht sie müde und abgeschlafft in den Spiegel und spritzt sich kaltes Wasser ins Gesicht, genau da erscheint Alena mit drei Tüten hinter ihr. »Sieh mal, was ich alles gefunden habe.«

Belinda traut ihren Augen kaum, als Alena nach und nach ihre Tüten auf der glänzenden grauen Marmorfläche im Bad entleert. Neben wahnsinnig viel noch eingepackten Make-up-Utensilien hat sie Unterwäsche, mehrere Shirts und Tops, Röcke und sogar zwei Shorts dabei. »Leider war doch nicht so viel dabei, wie ich gedacht habe, aber wir können sonst auch noch mal losfahren und ...«

Belinda zeigt auf die vielen Sachen. »Das ist mehr als genug, ich bleibe nur bis morgen. Aber wieso sind diese Sachen alle noch eingepackt?« Alena zuckt unschuldig die Schultern und öffnet einen Lippenstift der Marke, die sich Belinda nur ganz selten als ganz besonderen Luxus gegönnt hat und hier liegen gleich vier ungeöffnete Packungen. Alena hält die Farbe an Belindas Gesicht und lächelt. »Perfekt. Ich kaufe gerne ein und packe aber nie immer alles gleich aus und manchmal gehen da Sachen unter.«

Belinda greift nach einer verschlossenen Zahnbürste, ungeöffneter Zahnpasta und neuem Shampoo und lächelt. »Danke.« Alena lächelt zufrieden zurück, so langsam scheint sie sich etwas zu beruhigen und wird auch immer entspannter. »Ich werde mal duschen gehen und mich etwas frisch machen, wenn nachher wirklich noch eine Art Feier stattfinden wird.«

Alena hält einige Lockenwickler hoch, die Frau hat echt an alles gedacht. »Was hältst du davon, wenn ich dir die Haare eindrehe.

Wenn du dann geduscht hast, trocknen die Haare und du bekommst wunderbare Locken. Du darfst sie aber nur feucht machen, nicht zu nass.« Belinda sieht in den Spiegel. Warum nicht? Offenbar freut sich Alena wirklich, dass hier mal eine andere weibliche Person ist und nur, weil sie mit der Situation überfordert ist, muss sie das ja nicht an ihr auslassen, immerhin ist sie ihre Cousine.

Also setzt sich Alena auf den Rand der Badewanne und Belinda vor ihr auf den weichen cremefarbenen Badteppich. Alena beginnt sofort gekonnt, Belindas Haare abzustecken und sie auszufragen. Da Belinda nicht weiß, was sie alles erzählen kann, erklärt sie nur, dass sie aus Portland kommt und nie etwas von ihrem Vater wusste. Als sie von dem Unfall ihrer Mutter erzählt, schließt sie ihre Augen, und für einen kurzen Augenblick kehrt sie an diesen grausamen Abend zurück, als sie davon erfahren hat. Alena erklärt ihr, dass keiner von ihnen wusste, dass ihre Mutter tot sei und dass es ihr sehr leid tue. An diesem Punkt dreht Belinda das Gespräch und fragt nach, was genau sie über sie bereits wissen.

Eigentlich verwundert es Belinda dann aber auch nicht sehr, dass sie fast genauso im Dunklen tappen wie sie. Ramiro hat die engste Familie vor einigen Tagen zusammengetrommelt. Es muss gewesen sein, nachdem er sie vor dem Hotel abgefangen hat, und das ist ja gerade mal drei Tage her. »Er hat uns knapp mitgeteilt, dass du seine Tochter bist und dass er dich gerne komplett in die Familie aufnehmen möchte, er aber noch nicht weiß, ob du das auch willst. Außer deinem Namen hat er nicht viel verraten.

Alejandro und Ponce hatten dich ja schon gesehen, Roman auch, viel mehr konnten wir auch nicht erfahren, er ist gleich wieder losgefahren, weil sein Flug nach Europa gestartet ist. Heute haben dann einige zufällig mitbekommen, dass du und diese andere Frau gesucht werden und Alejandro hat euren Vater angerufen und … na ja, jetzt bist du hier.«

Alena ist schnell, Belindas Haare sind schon fast alle eingedreht. »Ja, ich brauche auch endlich Antworten auf so einiges. Die andere

Frau heißt Camilla und wir haben uns hier angefreundet. Ich begreife nicht, wieso wir gesucht werden und ich verstehe zum Beispiel auch überhaupt nicht, wieso es vorhin so knapp davor war, dass die Situation eskaliert ist, nur weil Alejandro, Roman und die anderen auf Dante, Benito ...«

Alena lässt ihren Kamm fallen. »Ihr habt die Los Puentes getroffen?« Belinda wendet sich zu ihr um. »Ich war gerade mit ihnen zusammen, sie haben mir geholfen und als deine Cousins gekommen sind, dachte ich, dass jeden Augenblick jemand erschossen wird.« Alena hat offenbar bereits alle Haare zusammengesteckt und sieht sie schockiert an. »Du warst mit den Los Puentes zusammen und Alejandro hat niemanden erschossen?«

Belinda zuckt kurz zusammen, doch sie spürt, dass Alena das absolut ernst meint. »Nein, natürlich nicht, wieso sollte jemand erschossen werden. Ich sage dir doch, sie haben mir geholfen, ich mag sie. Besonders Vidal, ich weiß nicht, ob du ihn kennst, doch ...«

Alena lacht einmal kurz hysterisch auf. »Ob ich ihn kenne? Natürlich kenne ich ihn und du magst ihn nicht. Vertrau mir, du magst ihn nicht ...« Eigentlich fand Belinda Alena bis hierhin absolut sympathisch, doch langsam findet sie das Verhalten aller hier wirklich merkwürdig. »Doch das tue ich, ich will nicht sagen, dass wir zusammen sind, aber wir mögen uns.« Sie hören Stimmen, unten kommen Leute ins Haus, Belinda meint Santos zu hören, auch Alena sieht zur Tür, dann nimmt sie Belindas Hände in ihre.

»Ich meine das nicht böse, Belinda, du wirst sicherlich noch alles erfahren, doch glaube mir, du darfst Vidal nicht mögen, niemals. Vergiss sie, vergiss, dass du sie gekannt hast und am besten erwähne das auch niemals vor deiner Familie hier. Vertrau mir, es wird nicht lange dauern und du verstehst, warum du das so machen solltest. Ich gehe jetzt auch rüber mich zurechtmachen, wir haben später sicher noch die Gelegenheit zu quatschen, aber versuche, mit niemand anderem über die Los Puentes zu reden, das kann nur zu einer Katastrophe führen.«

Sie drückt noch einmal Belindas Hände und geht aus dem Bad. Als Belinda hört, wie sich die Schlafzimmertür schließt, steht sie auf und schüttelt den Kopf. Auch wenn Alena bestimmt weiß, wovon sie spricht, wird sie erfahren wollen, was genau das Problem mit den Los Puentes ist, jetzt erst recht.

Erst einmal will sie aber duschen, sie schließt sicherheitshalber das Bad ab, bevor sie sich auszieht und unter die Dusche stellt. Die Dusche sieht nicht nur traumhaft aus, es fühlt sich auch traumhaft an, von überall trifft sie warmes Wasser und Belinda schließt entspannt die Augen. Es hilft auch kurz, doch schnell schleichen sich die Ereignisse des Tages wieder in ihre Gedanken.

Sie denkt an die Wut der Männer, all die vielen neuen Gesichter, an das Gespräch mit ihrem Vater, das ihr bevorsteht. Wenigstens versteht sie jetzt die genervte Haltung Alejandros ihr gegenüber, auch er weiß gar nichts von ihr. Ihr Vater lässt sie alle im Dunkeln tappen. Alejandro weiß nichts und hat trotzdem die Aufgabe, sich um sie zu kümmern, Belinda wäre sicherlich genauso wenig begeistert.

Sie kommt gerade mal dazu, sich einzuseifen und abzuduschen, da klingelt ihr Handy. Kurz zögert sie, doch dann verlässt sie die Dusche schnell, wickelt sich eines der riesigen kuscheligen Handtücher um und eilt schnell zu ihrem Handy. Es ist Camilla. »Na, wo bist du gelandet?« Belinda setzt sich aufs Bett. »Ich bin hier im Haus meines Vaters und warte auf ein Gespräch, das mir hoffentlich so einiges erklären wird.« Sie hört es bei Camilla rascheln. »Ja, darauf warte ich auch noch. Wir sind gleich nach euch los, ich hatte ja keine Ahnung, dass deine Familie die Cinco Sombras sind.« Belinda reibt sich die Stirn, langsam bekommt sie Kopfschmerzen. »Ich auch nicht und ich weiß auch nicht, wo das Problem daran liegt, ich meine, es gibt ja offenbar mehrere Familias in Puerto Rico.«

Es raschelt wieder, als würde sich Camilla in einem Bett aufsetzen. »Die Cinco Sombras und die Los Puentes sind aber die beiden größten Familias und die einflussreichsten. Ich weiß auch nicht viel darüber, nur dass sie bis aufs Blut verfeindet sind. Nachdem ihr weg wart, sind wir alle in die Autos gestiegen, Dante hat vor Wut gekocht, deswegen habe ich erst einmal gar nichts deswegen gefragt. Aber ich werde noch mehr darüber herausfinden. Wir sind direkt zu Pablo ins Krankenhaus gefahren. Es hat ihn ziemlich schwer getroffen. Er muss operiert werden, da er einige komplizierte Brüche hat. Dante hat ihm versprochen, gleich morgen Handwerker zu schicken, die das Casita wieder aufbauen.

Er war so fertig, Belinda, er hat geweint. Pablo. Kannst du dir das vorstellen? Er braucht das Geld und kann es sich nicht leisten, einen Monat oder länger auszufallen, zudem wäre das Café dann ruiniert. Dante hat ihm zwar versprochen, für das Finanzielle aufzukommen, doch ich habe ihm auch gesagt, dass ich mich ab morgen oder übermorgen auch mit um das Casita kümmere. Es ist meine Schuld, dass all das passiert ist und ich werde das wieder hinbekommen.«

Belinda geht zurück ins Bad. »Du hast keine Schuld daran, du hast nur etwas gesehen, was nie hätte passieren dürfen. Ich muss bis morgen auf meinen Vater warten, aber spätestens übermorgen arbeite ich auch wieder mit. Wir sorgen dafür, dass Pablo wieder auf die Beine kommt.« Camilla seufzt leise auf. »Ich hoffe, ich finde hier etwas. Nachdem wir bei Pablo fertig waren, sind wir in Dantes Haus gefahren, er hat die ganze Zeit versucht, Vidal zu erreichen, doch es hat nicht geklappt. Hier bei Dante habe ich dann Unmengen von Dateien und Bildern ansehen müssen, solange, bis der Computer abgestürzt ist, genau wie mein Kopf sich in dem Moment angefühlt hat.

Dante hat dann endlich Vidal erreicht und ist rausgegangen. Ich konnte dann ins Schlafzimmer und mich etwas ausruhen, bis sie das Problem am Computer gelöst haben. Irgendwie muss ich eingeschlafen sein und habe deinen Anruf verpasst. Ich gehe jetzt mal gleich runter und sehe, ob es weitergeht, bisher habe ich den Mann nicht erkannt, doch wenn es wirklich ein Bild von ihm in dieser

Datei gibt, brauchen wir uns keine Sorgen mehr zu machen und alles wird wie vorher ...«

Belinda hört, wie es bei Camilla klopft. »Ich muss Schluss machen, ich rufe dich später wieder an. Drück mir die Daumen.« Sie legen auf und Belinda legt ihr Handy weg, um sich im Bad zurechtzumachen. Sie ist froh, dass sie Camilla hier hat, die ihr hilft, all das zu überstehen und zu begreifen.

»Mit wem hast du da geredet?« Dante ist direkt nach dem Anklopfen hereingekommen, ohne abzuwarten. Camilla hat geschlafen, doch sie hätte auch geduscht haben können und Dante sollte wenigstens auf ein Herein warten, auch wenn es sein Schlafzimmer ist, in das sie sich zurückgezogen hat. »Mit Belinda.« Camilla steht von dem weichen Bett auf, sie hat es viel zu sehr genossen, sich in die Kissen zu kuscheln, die Dantes Geruch, den sie mittlerweile so sehr liebt, in sich tragen.

»Das kannst du jetzt nicht mehr, Camilla, ich dachte, das hättest du vorhin verstanden. Sie gehört zu unseren Feinden und ...« Camilla will vorbei ins Bad, doch sie bleibt genau vor ihm stehen und sieht ihn ungläubig an. »Belinda? Wie kann sie zu euren Feinden gehören? Sie tut niemandem etwas, du weißt doch, was für ein toller Mensch ...« Dante unterbricht sie und wieder steigt diese unbeschreibliche Wut in ihm hoch. »Sie ist eine von denen ... von den Cinco Sombras, und das lässt alles andere egal werden.« Camilla kann nicht anders, sie stützt ihre Hände an die Hüften und kneift die Augen zusammen.

»Wirklich? Tut es das? Weiß Vidal das auch? Ich verstehe nicht, wieso ...« Dante lacht bitter auf. »Glaube mir, Vidal weiß das besser als jeder andere.« Camilla ist noch zu müde für so etwas. »Von mir aus, ich muss wirklich verstehen, was genau da das Problem ist, aber dir ist klar, dass die Regeln, die für euch gelten, oder die Meinungen, die ihr habt, nicht für mich gelten, deswegen ...« Schneller als sie reagieren kann, hat Dante sie umgewirbelt, als sie an ihm vorbei wollte. Nun steht sie genau an der Wand und er so dicht vor ihr, dass sich fast ihre Nasen berühren. Camilla hat sich so sehr erschrocken, dass sie schneller atmet und sich ihre Brust viel zu schnell hebt und senkt, doch trotzdem tanzen sofort die Schmetterlinge in ihrem Bauch los, als sie Dante wieder so nah ist und ihm in die Augen sieht.

»Weißt du, was das für ein Gefühl für mich war, als ich nicht wusste, ob dir etwas passiert ist? Ich habe mich in dem Moment gefühlt, als würde ein Teil von mir verbrennen, Camilla. Ich versuche, deine Entscheidungen zu akzeptieren und auch etwas Abstand zu halten. Ich weiß, dass du ein besseres, ungefährlicheres Leben verdienst, doch ich kann die Gefühle zu dir auch nicht einfach so abstellen, und ich werde den Teufel tun und zulassen, dass dir etwas passiert. Also musst du mir versprechen, dass du in dieser Sache auf mich hörst, Camilla.«

Auch wenn er wütend ist, wird seine Stimme zum Schluss immer leiser. Camilla sind Tränen in die Augen gestiegen, weil auch sie spürt, wie sehr ihr diese Nähe gefehlt hat. Statt ihm zu antworten, führt sie ihre Lippen an seine und Dante zögert keine Sekunde, diesen Kuss sehnsüchtig zu erwidern.

Seine Hand fährt an ihre Wange und die andere unter ihr Shirt auf ihren Rücken. Camilla schmiegt sich fest an ihn. Es tut so gut, ihn wieder so zu spüren, als er sich kurz löst, würde sie am liebsten laut protestieren, doch sie spürt, dass auch er ein wenig zittert und ihn diese Gefühle genau wie sie umhauen. »Das hat mir gefehlt.« Camilla flüstert nur, doch sie weiß, dass Dante sie verstanden hat. Sie weiß auch, dass ihre Worte falsch sind, sie sollte es für sich behalten, immerhin ist sie diejenige, die sich von Dante fernhält und nicht umgekehrt.

Dante küsst ihre Lippen noch einmal zärtlich, dann ihre Wange und ihre Nase. »Das Gefühl was ich hatte, als ich nicht wusste, ob dir etwas passiert ist, als ich in das Café kam und dachte, dir könnte etwas passiert sein … Ich werde das nicht zulassen! Ich …« Von unten wird Dante gerufen. »Komm, lass uns erst die anderen Bilder ansehen, vielleicht können wir das Problem gleich lösen.«

Camilla nickt. »Ich gehe nur schnell auf die Toilette, ich komme gleich.« Als Dante nach unten geht, atmet sie tief ein. Was soll sie bloß wegen ihm machen? Gegen ihre gespaltenen Gefühle, sobald es um Dante geht? Und wieso reagieren sie alle so extrem auf die Los Puentes? Natürlich weiß Camilla von der Feindschaft, doch was hat Belinda damit zu tun? Eines ist klar, sie wird sich nicht davon abhalten lassen, mit ihr befreundet zu sein.

Deswegen nimmt sie auch ihr Handy und schreibt ihr eine Nachricht.

Belinda sieht noch einmal in den Spiegel. Sie hat sich eine kurze Shorts und ein einfaches schwarzes Shirt angezogen, sich ein wenig geschminkt und die Locken geöffnet. Sie trägt das Kreuz ihrer Mutter um den Hals und hofft, dass es ihr Glück bringt. Sie überlegt einen Moment, ihre Handtasche im Haus zu lassen, doch sie braucht ihr Handy und wer weiß, was alles passiert, so hat sie wenigstens das Wichtigste bei sich.

Als sie sich im Spiegel betrachtet, denkt sie daran, wie viel sich verändert hat, seitdem sie an ihrem letzten Arbeitstag, an dem Abend, als sie April im Kino getroffen hat und all das begonnen hat, in den Spiegel geblickt hat.

Ihr kommt es vor, als würde diese Zeit Jahre zurückliegen, dabei sind es nur ein paar Wochen, doch in denen hat sie so viel erlebt, wie in ihren ganzen Leben noch nicht.

Es ist schon laute Musik zu hören und Belinda weiß, dass es Zeit ist, nach unten zu gehen. Ihr Handy piept und sie bekommt eine Nachricht von Camilla.

'Keine Sorge, Süße, wir halten zusammen und schaffen das alles.'

Belinda lächelt und legt das Handy weg. Sie atmet tief ein und sieht noch einmal in den Spiegel, bevor sie nach unten auf die Party geht, die extra ihretwegen stattfindet. Das hier muss sie jetzt erst einmal allein schaffen, sie muss sich jetzt dieser neuen Familie und der Familia stellen.

Belindas Herz schlägt wild in ihrer Brust, sie schließt die Augen, atmet tief ein und tritt aus dem Schlafzimmer.

Kapitel 3

Es ist laut im Garten, doch hier im Haus ist niemand. Wenn sie das richtig verstanden hat und ihr Vater hier wirklich der Anführer ist, werden sich die Leute sicher nicht so einfach hier herein trauen. Das ist gut, vielleicht sollte Belinda einfach hier im Haus bleiben. Sie sieht auf den gemütlichen Wohnbereich, doch sie weiß, dass sie sich hiervor nicht drücken kann, nicht drücken sollte.

Wie oft hat sie als Kind von einer Großfamilie geträumt? Jetzt hat sie es und ist vollkommen überfordert. Sie öffnet vorsichtig die Haustür, doch sobald sie in den Gemeinschaftsbereich tritt, hat sie die Aufmerksamkeit fast aller, trotz lauter Musik und trotz der Menge an Menschen, die sich hier eingefunden hat. Das Bild hat sich natürlich komplett geändert, mittlerweile ist es dunkel, viele Laternen in den Bäumen beleuchten die Straßen und den Rasen. Der Pool ist beleuchtet und überall brennen kleine Lagerfeuer, es riecht herrlich nach gegrilltem Fleisch und Belinda entdeckt gleich mehrere Grills, hinter denen Männer mit Schürzen stehen.

Die Musik ist laut, überall wird getanzt, aber viele sitzen auch um die Lagerfeuer oder an Tischen herum. Es sind so wahnsinnig viele Leute, jetzt sind mehr Frauen hier als noch vorhin und sie alle sind wahnsinnig sexy angezogen und zurechtgemacht. Entweder tragen sie enge Minikleider oder Shorts und Bikinioberteile oder einfach nur knappe Bikinis. Belinda spürt einige Blicke auf sich und sieht sich unsicher um, bis ein Mann zu ihr tritt und ihr die Hand hinhält.

»Hi, ich bin Suerte, ich habe viel von dir gehört, es freut mich, dass du endlich hier bist.« Belinda schüttelt dem Mann etwas unsicher die Hand, er hat wilde dunkle Locken und ein süßes Lächeln, ein etwas längerer Bart lässt ihn wild wirken, doch seine dunklen Augen funkeln neugierig. »Hi, ich bin Belinda ... sind wir auch irgendwie verwandt, oder ...« Suerte lacht und schüttelt den Kopf.

»Nein, ich bin nur ein guter Freund deiner Brüder und deiner Cousins und …«

»Damit es so bleibt, nehme ich jetzt meine hübsche Cousine und rette sie vor dir.« Noch ein Mann tritt zu ihnen, den Belinda bisher nicht gesehen hat. Er hat eine Glatze und trägt nur eine Shorts, sein Oberkörper strotzt nur so vor Muskeln und er hat ein unverschämt charmantes Lächeln. Er nimmt Belindas Hand und gibt ihr einen leichten Kuss auf ihren Handrücken. »Ich bin dein Cousin Levi und ich rate dir, dich von Suerte fernzuhalten, er hat bisher alle Herzen gebrochen.«

Suerte lacht und auch Belinda muss lächeln, wenigstens schaffen es die beiden mit ihrer lockeren Art, sie ein wenig zu beruhigen. »Hast du schon etwas gegessen? Komm mit, ich stelle dich einigen vor.« Belinda geht mit Levi zu einem der Grills, als sie sich umblickt, ist Suerte nicht mehr zu sehen und sie versucht, sich die Namen einiger zu merken, die Levi ihr bis zum Grill alle zeigt oder sogar vorstellt.

Jeder der ihnen begegnet, ist respektvoll und freundlich zu ihr, doch trotz allem macht sich Belinda nichts vor damit, mit wem sie es hier zu tun hat. Viele der Männer hier hat Belinda schon am Hafen gesehen und jeden einzelnen fand sie damals schon angsteinflößend. Natürlich ist es jetzt etwas anderes, andere Umstände, trotzdem fällt ihr Blick immer wieder auf die Waffen, die jeder hier trägt, auch Levi hat eine im Hosenbund.

Ihr Cousin ist ähnlich wie auch Roman und Adrian sehr locker drauf, und Belinda muss immer wieder lachen. Er achtet auf sie und zusammen stellen sie sich zwei leckere Grillteller zusammen. Als sie den Grill verlassen, stellt sich ihnen ein älterer Mann in den Weg. Als Belinda genauer hinsieht, erkennt sie bei dem Mann eine gewisse Ähnlichkeit zu Levi. »Das ist Rehan, mein Vater und dein Onkel. Ramiro und er sind Brüder. Die zwei anderen Brüder von ihnen, die Väter von Roman und Adrian, leben leider nicht mehr, sonst wohnen alle noch hier.«

Bevor Belinda reagieren kann, wird sie von Rehan in die Arme gezogen. »Du bist genauso hübsch wie deine Mutter, obwohl du auch viel von meinem Bruder hast.« Die Worte treffen Belinda sofort ins Herz. »Du kanntest meine Mutter?« Er lässt sie los, drückt ihr aber noch einen Kuss auf die Stirn. Es ist merkwürdig, obwohl Belinda ihn kaum kennt, fühlt sie sich sofort wohl bei Rehan. »Natürlich, wir alle kannten sie sehr gut. Dein Vater war verrückt nach ihr, es hat ihn fertig gemacht, als sie ihn verlassen hat. Es bedeutet ihm viel, dass er jetzt nach so vielen Jahren Antworten hat und so eine bezaubernde Tochter vor sich hat.«

Belinda sieht ihren Onkel überrascht an. In dem Moment kommt Alena, gibt Rehan einen Kuss und drängt sie alle in eine Richtung, wo bereits schon einige versammelt sein sollen. Belinda versucht sich zu fassen, sie kann nicht so aus der Bahn geworfen werden, nur weil das Gespräch auf ihre Mutter kommt. Morgen erwartet sie noch einiges mehr, wenn sie auf ihren Vater trifft.

Sie gehen alle zusammen zu einem Lagerfeuer. Belinda trägt den Teller und ein Glas Cola, Alena neben ihr hat bereits Kuchen auf einem Teller. Um das Lagerfeuer sitzen Ponce, Santos, Roman und Adrian, die sich gerade unterhalten haben, aber sofort stoppen, als sie dazukommen. Ponce deutet Belinda, dass sie sich neben ihn auf eins der riesigen gemütlichen Sitzkissen setzen soll und das tut sie auch.

Erst unterhalten sich Ponce und Roman mit Rehan über den Grund, weswegen ihr Vater gerade in Europa ist. Es geht wohl um einige neue Geschäftspartner, er hat das Treffen jetzt unterbrochen und wird morgen früh herkommen. Belinda fühlt sich wohl. Santos telefoniert die ganze Zeit, und Alena zeigt ihr noch weitere Menschen, die etwas mehr hier zu sagen haben. Als Belinda fragt, wer die vielen Frauen sind, erklärt sie, dass es nur Chicas seien, Frauen, mit denen die Männer hier ihren Spaß haben. Zur Zeit hat niemand hier eine feste Freundin, zumindest weiß Alena von keiner.

Ihre Mutter und somit Belindas Tante ist gerade in Amerika ihre Schwester besuchen. Es wundert Belinda überhaupt nicht mehr, dass sich Alena so über ihren Besuch hier freut, es scheint nicht sehr viele weibliche Familienmitglieder zu geben. Als Belinda ihren Teller aufgegessen hat, fragt Santos sie trotz seines Telefonats sofort, ob sie noch etwas möchte, doch sie ist vollkommen satt. Einige Minuten später kommen dann plötzlich Alejandro und Suerte zu ihnen. Es sieht so aus, als wäre Alejandro noch einmal weg gewesen, er wirkt erschöpft, als er sich auf dem anderen Sitzsack neben Belinda niederlässt und reibt sich die Augen.

»Haben sie schon alle kennengelernt?« Ponce sieht seinen älteren Bruder belustigt an. »Ich habe das Gefühl, dass alle unsere Männer kaum die Augen von ihr abwenden können, deswegen soll sie lieber erst einmal bei uns bleiben, bis auch alle verstanden haben, wessen Schwester sie ist.« Belinda verschluckt sich fast bei diesen Neuigkeiten. Zugegeben, sie hat sich auf die hier ums Lagerfeuer Anwesenden konzentriert, doch sie hat wirklich überhaupt nicht mitbekommen, dass irgendwer sie hier beobachtet.

Levi lacht und Roman hebt seinen Becher. »Jetzt wisst ihr, wie es mir geht, es ist nicht leicht, eine Schwester zu haben, das garantiere ich euch. Ich werde es genießen, euch dabei zuzusehen, wie ihr daran verzweifelt.« Nun muss selbst Alejandro leise lachen, und in Belinda macht sich eine schöne Wärme breit. Natürlich ist sie erwachsen und niemand muss auf sie aufpassen, doch es ist angenehm, hier mit ihnen allen zu sitzen und einfach ein Teil davon zu sein, auch wenn sie noch immer nicht richtig versteht, was all das, was sie hier gerade erlebt, umfasst.

»Die Frauen in unserer Familie waren schon immer die schönsten in Puerto Rico, das hat sich nicht geändert.« Auf Rehans Gesicht breitet sich ein mildes Lächeln aus, auch wenn Belinda eine gewisse Traurigkeit erkennt. »Sie hat sehr viel von Ramiro, aber auch viel von ihrer Mutter. Dein Vater hat mir erzählt, dass sie gerade erst gestorben ist, es tut mir leid, sie war ein sehr guter Mensch.« Belinda versucht, den Kloß, den sie sofort im Hals bekommt, herunterzuschlucken. Levi lehnt sich auch etwas in dem Sitzkissen zurück und sieht sie interessiert an.

»Wie kommt es eigentlich, dass du erst jetzt hier bist? Hast du deinen Vater vorher nicht gefunden?« Belinda weiß ja, dass sie alle noch nicht viel voneinander wissen, also erzählt sie, wie ihr Leben bisher verlaufen ist. Sie umschreibt es, obwohl sie auch schnell merkt, dass es da ja eh nicht viel zu erzählen gibt. Herrgott, die letzten Wochen waren wirklich das Spannendste, was sie je erlebt hat. Und das mit zweiundzwanzig zu sagen, ist schon ungewöhnlich.

Sie versucht zu erklären, wie traurig ihre Mutter wegen Ramiro war, auch wenn sie selbst die Geschichte bis heute nicht genau kennt und dass sie sich nie getraut hat, genauer nachzufragen. Als sie dann von der Kiste und allem anderen, was sie gefunden hat, erzählt, holt sie aus ihrer Handtasche die paar Fotos, die sie jetzt schon die ganze Zeit darin trägt. Alejandro nimmt sie ihr als erster ab. Erst jetzt bemerkt Belinda, dass da auf einem der Bilder, wo ihr Vater und ihre Mutter mit mehreren Leuten im Club El Borro waren, Rehan mit auf dem Foto ist. Alejandro und Santos erkennen noch andere Personen, und sie alle sehen sich die Bilder an.

»Sie ist so hübsch, kein Wunder, dass du ein Model bist.« Belinda lacht leise auf über Alenas Kompliment. »Ich bin kein Model, die Bilder neulich waren nur Ausnahmen.« Sie spürt die Blicke ihrer Brüder auf sich, auch ihre Cousins sehen sie an. Belinda spürt ein ungewohntes Glücksgefühl in sich, doch sie ermahnt sich selbst, noch abzuwarten. Sie hat sich noch nicht mit ihrem Vater ausgesprochen, sie weiß nicht, wie all das mit ihm und ihrer Mutter war und was genau dieses Leben, welches ihr Vater hier führt, zu bedeuten hat. Belinda hat erst recht gar keine Vorstellung davon, wie ihr Kontakt in Zukunft aussehen wird, deswegen versucht sie, sich nicht zu wohl zu fühlen und verabschiedet sich auch kurze Zeit später, weil sie wirklich müde ist.

Alena begleitet sie zurück ins Haus ihres Vaters und Belinda bemerkt, dass sobald sie weg sind, sich einige Frauen zu ihren Brüder und den Cousins setzen, als hätten sie nur darauf gewartet, dass sie verschwinden. Alena küsst sie zum Schluss auf die Wange, sie verspricht, morgen früh zum Frühstück zu kommen. Als Belinda sich eine halbe Stunde später in die gemütlichen Kissen kuschelt und noch gedämpft die Musik aus dem Garten hört, weiß sie zwar tief in sich, dass sie es nicht zulassen sollte, aber sie fühlt sich wohl beim Gedanken, dass da unten ihre Familie sitzt und schläft zufrieden ein.

»Es tut mir leid.« Camilla sieht, wie müde Dante ist, er hat sich noch immer nicht ganz von seiner Schussverletzung erholt und ist ihr trotzdem nicht eine Minute von der Seite gewichen, als sie jetzt bis fast zum nächsten Morgen alle möglichen Bilder und Dateien durchgesehen haben. Sie hat ihn nicht erkannt, den Mann, den sie dabei erwischt hat, wie er Artur umgebracht hat und der jetzt alle möglichen Leute auf Belinda und sie gehetzt hat, um sie daran zu hindern ihn zu identifizieren. Es waren hunderte, doch genau er ist nicht dabei gewesen.

»Das braucht dir nicht leid zu tun ...« Dante reibt sich müde die Augen und steht auf. Benito, der mit ihnen die Dateien durchgegangen ist, steht auch auf und schließt den Laptop. »Das könnte bedeuten, dass wir diejenigen, die diesen Kerl geschickt haben, persönlich kennen. Wahrscheinlich haben sie irgendjemanden gesucht, der dumm genug war, sich mit uns anzulegen, der aber nicht zu einer Familie gehört, oder wir haben ihn einfach nicht unter den Dateien, es ist ja nicht einmal die Hälfte aller Familias hier aufgeführt, aber wir mussten es zumindest probieren. Wir werden morgen mit Vidal darüber reden.«

Er hebt die Hand und verlässt Dantes Haus. Camilla hat mitbekommen, dass Dante Vidal erreicht hat und er jetzt alles wegen Belinda weiß. »Was sagt Vidal wegen Belinda?« Sie konnten noch nicht darüber reden. Dante zieht sich sein Shirt über den Kopf und Camilla sieht verlegen weg. Sie hat ihn schon mit freiem Oberkörper gesehen und bemerkt, wie gut er aussieht und wie durchtrainiert alles an ihm ist, deswegen versucht sie, diesem Anblick auszuweichen.

»Er war wirklich …. sauer und überrascht, damit hat keiner gerechnet. Es ist schon ein Wunder, dass ich das durch das Telefon mitbekommen habe, es ist selten, dass jemand eine Gefühlsregung bei ihm erkennt. Hätte er vor mir gestanden und ich hätte sein Gesicht sehen können, hätte ich jetzt sicher mehr Ahnung, was in ihm vorgeht, so müssen wir abwarten, bis er hier ist. Er hat nichts weiter dazu gesagt erst einmal. Ich gehe duschen, nimm mein Bad, falls du auch duschen möchtest.«

Für Dante scheint das Thema mit Belinda schon vollkommen erledigt zu sein. Natürlich kennt Camilla Vidal nicht besonders gut, doch irgendwie hatte sie das Gefühl, dass Belinda ihm nicht egal ist und sie kann sich schwer vorstellen, dass allein mit der Tatsache, wer Belindas Brüder sind, alles für ihn erledigt ist. Camilla hat gar nicht darüber nachgedacht, ob sie hier schlafen soll, die Geschehnisse haben sie so überrumpelt, dass sie kaum dazu gekommen ist, über irgendetwas nachzudenken. Da es aber schon so spät ist und sie nicht einschätzen kann, wie sicher sie jetzt noch bei sich in der Wohnung ist, wird sie es wohl müssen, also geht sie zurück nach oben in Dantes Schlafzimmer und ins Bad.

Sie sollte Abstand zu ihm halten. Ihre Entscheidung, Dante nicht zu nah an sich heranzulassen, ist zwar immer wieder ins Wanken geraten, doch sie steht noch. Trotzdem spürt sie auch, wie gut es tut, mal nicht gegen den Drang ankämpfen zu müssen, in seiner Nähe zu sein. Camilla geht unter die Dusche, vorher hat sie sich aus seinem Schrank ein weites, langes Shirt geholt und ist froh, als sie nach dem Duschen bemerkt, dass es ihr fast bis zu den Knien geht.

Camilla hatte erwartet, dass Dante in dem Gästezimmer bleibt, wo er offenbar auch geduscht hat, doch als sie aus dem Bad kommt, liegt er auf seinem Bett und sieht nachdenklich zur Decke. Camilla blickt schnell auf den Boden, er trägt nur eine Boxershorts. Noch immer sind große Pflaster auf der Stelle, an der er von einer Kugel getroffen wurde. »Ist alles in Ordnung?« Camilla sieht zwar wieder hoch zu ihm, zwingt sich aber, in sein Gesicht zu sehen und alles andere zu ignorieren.

»Wo soll ich schlafen?« Dante sieht sie verblüfft an und klopft neben sich auf das Bett. »Hier natürlich, ich weiß, dass es noch einiges zwischen uns zu klären gibt und dass es durch deine … Einstellung zu Beziehungen sicher noch komplizierter wird, als es nur wäre, wenn du das Leben, das ich führe, nicht willst …« Dante muss leise lachen, auch Camilla lächelt, sie weiß, dass sie es ganz schön kompliziert macht. »Aber ich hatte trotzdem nie vor, dich aufzugeben, nicht seit ich spüre, wie gut auch dir meine Nähe tut und das spüre ich, oder täusche ich mich?«

Camilla weiß nicht, was sie antworten soll, ohne sich zu verraten und es noch komplizierter zu machen, doch als Dante die dünne Decke anhebt, vergisst sie ihr Vorhaben wie schon viel zu oft in letzter Zeit und legt sich neben ihn ins Bett. Beim letzten Mal ist sie einfach eingeschlafen, jetzt liegt sie etwas verkrampft da und versucht, so leise wie möglich zu atmen, als Dante sie an sich zieht und sein Gesicht so zu ihr dreht, dass seine Lippen an ihrer Stirn sind.

»Es tut mir gut, dich jetzt hier zu haben, ich hätte mir nicht verziehen, wenn dir etwas passiert wäre und so weiß ich, dass du in Sicherheit bist.« Dante flüstert und hat die Augen schon geschlossen, auch Camilla ist müde, aber ihr Herz klopft wie wahnsinnig. Nur ein schwaches Licht von draußen beleuchtet die Umrisse von Dante, und doch zeichnen sich seine gebräunte Haut und die Muskeln ab, aber erst als sie durch sein regelmäßiges Atmen erkennt, dass er schläft, wird sie mutiger und streicht an seinem Arm entlang bis zu seiner Wunde. Er trägt ein Kreuz auf seinem rechten Bizeps, das mit einem Rosenkranz umhangen ist, dazu hat er auf seinem linken Unterarm 'los puentes' stehen.

Camilla erlaubt sich, einen Augenblick darüber nachzudenken, wie es wäre, wenn sie es ganz zulassen würde, wenn sie mehr von seinen Küssen, mehr von dieser Nähe und seiner Anwesenheit in

46

ihrem Leben zulassen würde, doch sobald sie spürt, wie sehr ihr der Gedanke gefällt, verwirft sie ihn schnell wieder. Sie ist nicht umsonst gerade hier bei ihm und kann nicht in ihr Haus und Pablo liegt im Krankenhaus, während Belinda plötzlich vollkommen abgeschrieben zu sein scheint, sie darf all das nicht vergessen, egal wie schön diese Nähe ist.

Dante bewegt sich im Schlaf, seine große Hand fährt an ihre Taille und mit seinem Bein fährt er zwischen ihre Beine und verhakt sie miteinander, dabei wirkt er vollkommen zufrieden. Camilla muss lächeln, auch wenn es das erste Mal ist, dass sie die Haut eines Mannes so an ihren nackten Haut spürt und genau diese Stellen angenehm warm werden. Dantes Haare an den Beinen kitzeln sie, doch sie bleibt in der Position und dann schließt auch sie endlich die Augen, der Tag war lang und anstrengend und die Müdigkeit übermannt sie.

Kapitel 4

Belinda wacht ausgeruht auf, es ist lange her, dass sie so fest und so gut geschlafen hat. Es dauert auch einen kleinen Augenblick, bis sie begreift, wo sie überhaupt ist, nur um dann erschrocken beim Blick auf ihr Handy festzustellen, dass es bereits Mittag ist. Während Belinda schnell aufsteht, merkt sie, dass es ruhig im Haus ist, wahrscheinlich ist sie allein. Etwas beruhigter geht sie unter die Dusche und zieht sich danach eine schwarze kurze Stoffhose und ein weißes Shirt an. Sie lässt den gestrigen Abend dabei noch einmal gedanklich an sich vorbeiziehen, und auch wenn sie es nicht zu nah an sich heranlassen wollte, breitet sich wieder diese Wärme in ihr aus.

All das, was gerade passiert, ist schwer für sie zu begreifen, all die Familienmitglieder, der Umgang mit Waffen und die Ablehnung von Vidal und seiner Familie, es ist alles sehr verworren und für Belinda stehen mehr große Fragezeichen in ihrem Kopf als Antworten. Doch trotz allem, trotz all dem Wissen, den Ärger, den sie hier in Puerto Rico hatte und auch die Enttäuschung, die sie mit ihrem Vater erlebt hat, bereut sie es nicht, hergekommen zu sein.

Selbst wenn der gestrige Abend der einzige bleibt, den sie zusammen mit einem Teil ihrer Familie verbracht hat, hat sich die Reise gelohnt, weil sie einmal dieses Gefühl erlebt hat, was andere Familien täglich erleben und vielleicht niemals richtig schätzen. Ihr hat dieser eine Tag das Gefühl gegeben, wonach sie schon so lange gesucht hat und auch wenn es dabei bleibt, bereut sie es nicht, hergekommen zu sein.

Auch Vidal kommt ihr vor ihr inneres Auge und sie muss lächeln, auch diese Momente, selbst wenn es nicht sehr viele waren, wird sie nicht vergessen oder bereuen. Sollte sie jetzt zurück nach Portland, wird sie ihn vorher auf jeden Fall nochmal aufsuchen und wer weiß, vielleicht verbringen sie ja wirklich noch ein paar Tage auf seiner Jacht.

Belinda schminkt sich nur sehr leicht, auch wenn sie dank Alena die volle Auswahl hat. Ob sie schon da war, um zu frühstücken? Um diese Uhrzeit bestimmt, doch offenbar hat Belinda zu fest geschlafen. Ob ihr Vater schon da ist, hat sie hier allein übernachtet? So wie sie es verstanden hat, haben ihre Brüder ja alle ihre eignen Häuser auf dem Anwesen.

Belinda lässt ihre Haare offen, sie trägt feine goldene Ohrringe und die Kette ihrer Mutter, sie fragt sich, ob ihr Vater endlich da ist. Plötzlich ertönen Stimmen im Flur und Belinda beeilt sich, aus dem Zimmer zu kommen, was sie sofort bereut, als sie fast in Alejandro hineinläuft, der mit Adrian den Flur entlangkommt. Belinda kann gerade noch so abbremsen und sieht direkt in Alejandros Augen, die sie wieder wie ein nerviges Etwas betrachten.

»Da ist ja meine hübsche Cousine. Du bist ja ein richtiges Murmeltier. Ramiro wartet auf der großen Terrasse. Hast du schon etwas gegessen?« Er deutet zur Treppe und nach oben. Belinda ignoriert Alejandros Blick und lächelt Adrian an. »Nein, ich bin wirklich gerade erst aufgestanden.« Dieses Mal ist es Alejandro, der spricht, auch wenn die beiden dabei weitergehen, offenbar haben sie es eilig. »Ich lasse dir etwas kommen und auf die Terrasse bringen. Bis später.«

Belinda sieht den beiden noch hinterher, wieso ist Alejandro so abweisend zu ihr? Sie kennt niemanden hier richtig, doch alle sind nett und scheinen sich sogar irgendwie zu freuen, dass sie da ist, doch Alejandro hat offenbar etwas gegen ihre Anwesenheit. Belinda wendet sich zur Treppe und atmet tief ein, bevor sie hinaufgeht, um endlich das Gespräch mit ihrem Vater zu führen, das schon so lange überfällig ist und das sie hoffentlich endlich verstehen lässt.

Es ist ihr ein wenig unangenehm, am Ende des Ganges im zweiten Stock auf die riesige Terrasse zu treten. Ramiro steht am Geländer und telefoniert, als er Belinda erblickt, beendet er das Gespräch aber augenblicklich. Sie hat hübsche Brüder und jeder von ihnen hat Ähnlichkeit mit ihrem Vater. Belinda versteht, wieso ihre Mutter sich damals in ihn verliebt haben muss, wie er jetzt da so steht in seiner schwarzen Anzughose und dem schwarzen Shirt, ist er noch immer ein sehr hübscher Mann und erinnert Belinda sehr stark an Alejandro. Aber auch mit ihr hat er einiges gemeinsam. »Hast du gut geschlafen?« Ihr Vater deutet Belinda, sich zu ihm an den großen weißen Marmortisch zu setzen, darauf liegt das Bild, das Belinda damals wütend hier gelassen hat und auch weitere Bilder.

Belinda nimmt diese an sich und sieht sie sich an, sie muss fest schlucken, als sie ihre Mutter auf all den Bildern erkennt, immer zusammen mit ihrem Vater. Sie sind oft in einer kleinen Wohnung, einige noch aus dem El Borro. Ihre Mutter wirkt so glücklich. Sie spürt, wie ihr Vater an den Tisch tritt und sich ihr gegenüber setzt. »Ich habe die in einer Kiste gefunden, wo noch einige Erinnerungen an deine Mutter sind, ich dachte, du würdest sie vielleicht gerne sehen.«

Eine Frau betritt die Terrasse und stellt Belinda Croissants, Rührei, Gurken und andere Leckereien hin, neben die Pfannkuchen stellt sie Kakao und Orangensaft und Belinda bedankt sich freundlich. Während sie etwas isst, sehen ihr Vater und sie weiter auf die Bilder. »Es tut mit leid, dass deine Brüder dich gestern so überrumpeln mussten, aber diese Sache ist wirklich gefährlich. Ich treffe mich gleich mit einigen Leuten, denen ich noch einmal klar mache, dass du meine Tochter bist und keiner dir zu nah kommen sollte. Ich hoffe, du hattest aber wenigstens einen schönen Abend mit allen hier.«

Man spürt, dass ihr Vater ihr gegenüber sehr unsicher ist, Belinda kann ihn natürlich kaum einschätzen, aber vielleicht ist es sein erstes Verhalten ihr gegenüber, was ihm ein schlechtes Gewissen macht. »Ja, es war nett und ich wollte ja unbedingt Antworten und erfahren, was mit meiner Mutter und dir passiert ist, nur deswegen bin ich nach Puerto Rico gekommen.« Ihr Vater nickt und atmet tief ein.

»Es tut mir leid, für mich ist das alles auch völlig unerwartet gekommen.« Er greift nach ihrer Kette und hält sie einen Augenblick zwischen seinen Fingern. Ein mildes Lächeln legt sich auf seine Lippen. »Ich hätte niemals damit gerechnet, jemals wieder etwas von deiner Mutter zu hören und nun bist du da. Du hast so viel Ähnlichkeiten mit ihr, und doch bist du auch ein Teil von mir, es ist für mich irgendwie unreal.«

Belinda nimmt einen Schluck und sieht auf die Bilder. »Ich verstehe das Ganze immer weniger, sie wirkt auf den Bildern so glücklich, so frei. Ich habe sie niemals so glücklich erlebt, wie sie es offenbar hier mit dir war. Wieso hat sie das getan, wieso hat sie mir nie gesagt, wer du bist und hat keinen Kontakt gehabt? Wir hatten nie ein schlechtes Leben und meine Mutter hat alles für mich getan, aber es hat immer etwas gefehlt und ich verstehe nicht, wieso sie so gehandelt hat.«

Belinda wendet sich ab und schließt einen Augenblick die Augen. Es fällt ihr so schwer, plötzlich wieder so viel von ihrer Mutter zu reden. Ihr Vater räuspert sich und Belinda lässt ihren Blick schweifen bei der herrlichen Aussicht, die sie von dieser riesigen Terrasse haben. Sie sieht auf einen großen Garten, einen Pool und einen gefliesten Weg, der direkt zum Meer führt. Der Sand dort ist weiß, das Wasser wirkt türkisblau.

Es gibt einen Steg, an dem mehrere Boote und kleine Jachten liegen. Zwei Männer mit Maschinengewehren sind darauf und vertreiben sich mit einem Brettspiel die Zeit an einem Tisch, ansonsten ist der Strand leer.

»Sie wollte dich wegen all dem von mir fernhalten, und auch wenn du es nicht verstanden hast, war es wahrscheinlich besser so. Selbst für meine Söhne wünsche ich mir oft ein anderes Leben, auch wenn ich weiß, dass sie es lieben. Doch es ist nicht immer leicht, dich hier aufwachsen zu sehen, hätte deine Mutter um den Verstand gebracht. Sie musste den Kontakt ganz abbrechen, ich hätte es nicht ausgehalten zu wissen, wo ihr seid und euch nicht zu mir zu holen, dafür habe ich deine Mutter zu sehr geliebt. Jetzt begreife ich auch langsam, dass sie das wusste, sie wusste, wie sehr ich sie liebe.«

52

Belinda dreht sich zu ihrem Vater um. »Wenn ich diese Bilder nicht gefunden hätte und den Brief, hätte ich das niemals erfahren. Ich habe niemanden mehr, keine Verwandten, nichts. Das kann es doch nicht gewesen sein, was meine Mutter wollte?« Ihr Vater sitzt auf einem Stuhl und sieht Belinda an, dabei hält er eines der Bilder von sich und ihrer Mutter in der Hand.

»Ich habe deine Mutter damals auf einer Messe in New York kennengelernt. Ich war Anfang zwanzig und habe mit meinem Vater einige Kontaktmänner besucht, mit denen wir später Geschäfte aufbauen wollten. Wir waren damals vier Brüder und haben meinen Vater immer begleitet, deswegen haben uns alle Cinco Sombras genannt. Der Name ist bis heute unser Familia-Name geblieben, denn in dieser Zeit ist all das hier, was du jetzt siehst, gewachsen und entstanden.

Damals hatten wir noch nicht viel, aber wir haben hart gearbeitet. Deine Mutter war mit ihrer Abschlussklasse dort, und das schönste … Ich meine, ich habe niemals in meinem Leben etwas schöneres als deine Mutter gesehen, niemals, bis ich dich gesehen habe.«

Belinda spürt, dass sie rot wird, trotzdem hört sie ihrem Vater weiter zu. Das ist es doch, was sie immer wollte: Antworten darauf, was damals passiert ist. »Ich war zwar noch jung, aber ich hatte bereits eine Frau, bei uns war das damals üblich, dass man mit achtzehn heiratet, manchmal sogar noch früher. Ich habe meine Frau immer sehr gemocht, sie war eine gute Frau und hat mir meine Söhne geschenkt, doch was wirkliche Liebe ist, wusste ich nicht, bis ich deiner Mutter in die Augen gesehen habe.

Ich habe sie angesprochen, auch wenn ich wusste, dass ich es nicht hätte tun sollen, Alejandro war gerade zwei Jahre und Santos ein paar Wochen alt. Aber ich konnte nicht anders, ich und meine Brüder haben deine Mutter und zwei ihrer Freundinnen in ein Restaurant ausgeführt.« Ihr Vater lächelt und sieht auf das Bild. »Ihre Freundinnen haben ohne Punkt und Komma geredet, wir haben kaum englisch gesprochen, sie kein spanisch, nur deine

Mutter konnte etwas spanisch, doch sie saß den ganzen Abend ruhig da und hat alles beobachtet.

Ich war fasziniert von ihr, doch da sie ja nicht einmal richtig mit mir gesprochen hatte, wusste ich nicht, ob sie mich wiedersehen wollte, zudem hatte ich ja meine Frau zuhause. Ich habe ihr meine Handynummer gegeben und sie gebeten mich anzurufen. Ich habe ihr versucht zu erklären, dass ich sie gerne wiedersehen möchte, aber ich weiß nicht, ob sie all das wirklich verstanden hat. Dann war ich zurück in Puerto Rico und habe mich darum gekümmert, die Geschäfte für die Familia aufzubauen.

Ich habe immer wieder an sie gedacht, auch wenn ich nicht daran geglaubt habe, dass ich sie jemals wiedersehen werde. Doch dann, ungefähr zwei Monate nach der Messe, kam der Anruf von ihr. Ich war überrascht. Sie hat mir erzählt, dass sie und eine Freundin nach dem harten Unijahr Urlaub machen wollten und dass sie daran gedacht haben, diesen in Puerto Rico zu verbringen. Ich habe mich wahnsinnig gefreut, deine Mutter wiederzusehen. Ich hatte wirklich noch nicht viel, doch ich habe alles getan, was ich konnte, um deiner Mutter unvergessliche zwei Wochen zu bereiten.

Ich habe ihr ein Hotel gemietet und ihr Puerto Rico gezeigt. Am Anfang waren wir immer zu dritt, doch nach ein paar Tagen hat sich ihre Freundin einen Mann geschnappt und ich und deine Mutter waren alleine, es waren die schönsten Tage meines Lebens. Ich werde sie nie vergessen. Abends sind wir immer ins El Borro gegangen, daher die Bilder. Wir sind uns auch näher gekommen, doch da ich wusste, dass es für deine Mutter nur ein Urlaub ist und ich keine Hoffnungen hatte sie wiederzusehen, habe ich ihr nicht gesagt, dass ich verheiratet bin.

Es war schwer, sie nach diesen Tagen wieder gehen zu lassen, auch ihr habe ich das angemerkt. Wir haben danach täglich miteinander telefoniert, und bald hat auch meine Frau alles mitbekommen. Ich konnte sie nicht anlügen und habe ihr gesagt, dass ich mich verliebt habe, ihr alles von deiner Mutter erzählt, obwohl ich wusste, dass ich und sie keine Zukunft haben. Meine Frau hat

54

mich daraufhin verlassen und ist zu ihrer Tante gezogen. Ich habe die beiden Jungs immer gesehen und weiter Kontakt zu deiner Mutter gehabt, doch das hat mir nicht gereicht.

Ich war noch jung und egoistisch, ich habe es irgendwann nicht mehr ausgehalten und den Kontakt abgebrochen, weil ich testen wollte, ob sie mich bereits so liebt wie ich sie.« Ihr Vater lächelt und Belinda schluckt die Tränen herunter, sie hat mit allem gerechnet, aber nicht mit solch einer Geschichte.

»Zwei Wochen hatten wir keinen Kontakt, und dann stand sie weinend am Flughafen und hat mich gebeten sie abzuholen. Ich weiß noch bis heute, was es für ein Gefühl war, sie im Arm zu halten. Von dem Zeitpunkt an habe ich sie auch nicht mehr losgelassen. Weißt du, dass deine Mutter hier gelebt hat?« Belinda streicht sich eine Träne weg und schüttelt den Kopf. »Nein, ich weiß gar nichts über diese Zeit.«

Ihr Vater sieht ihr in die Augen und sie sieht darin Schmerzen. »Wir haben uns eine Wohnung genommen, ihre Familie hat den Kontakt zu ihr abgebrochen, meine war auch dagegen. Deine Mutter hat von meiner Frau erfahren, von meinen Geschäften, wir haben alles überstanden, es gab nur sie und mich. Sie ist zu meinem Leben geworden. Deine Mutter ist hier zum College gegangen, hat noch besser spanisch gelernt, ich habe für uns gesorgt, es war fast ein Jahr, in dem all das gut ging.

Wenn ich heute noch daran denke, kann ich nicht glauben, wie glücklich ich mal war. Ich liebe vieles an meinem Leben, doch das war wirklich meine schönste Zeit, weil deine Mutter alles für mich war. Damals waren wir oft im Belinda. Ich habe ihr einen Antrag gemacht und sie hat sofort ja gesagt. Die Geschäfte mit der Familia liefen immer besser, was aber auch bedeutete, dass es immer gefährlicher wurde. Deine Mutter wusste, was ich tue, doch sie hat es nie gut gefunden und versucht, es zu verdrängen.

Es waren so viele größere Familien damals, die sich alle etwas vom Kuchen nehmen wollten, und langsam begannen die Kämpfe. Glaub mir, es war noch gar nichts, was deine Mutter mitbekommen hat, erst einige Jahre später ist es vollkommen eskaliert, doch es war genug, um deiner Mutter einen Einblick zu geben, was noch alles auf sie zukommt. Zwei meiner Brüder sind getötet worden, mein Vater ist im Gefängnis gelandet, wir konnten tagelang nicht auf die Straße und mussten ständig umziehen, weil uns damals noch die Polizei gejagt hat.

Zu der Zeit muss deine Mutter gemerkt haben, dass sie schwanger ist. Ich wusste es nicht, Belinda, das musst du mir glauben. Ich hätte dich und deine Mutter niemals gehen lassen. Wenn ich dich jetzt ansehe ... Deine Mutter war mein Leben, unsere Liebe etwas ganz Besonderes. Du bist alles beste von mir und alles beste von ihr, du bist das Beste, was aus unserer Liebe entstanden ist, ich hätte dich ...«

Belinda kann nicht mehr, sie beginnt zu weinen. Ihr Vater steht auf und kommt zu ihr. »Ich verstehe nicht, wieso sie gegangen ist. Wieso, wenn sie dich doch so geliebt hat? Und das muss sie, sie hatte niemals wieder einen Mann nach dir, niemals, es gab immer nur mich in ihrem Leben.« Ihr Vater schließt einen Augenblick die Augen. »Ich weiß es nicht, auch wenn du die einzige Antwort bist, die alles erklären kann. Ich erinnere mich an die letzte Nacht, wie heute. Mitten in der Nacht ist sie wachgeworden, hat zu weinen begonnen und ist die ganze Nacht fest in meinen Armen geblieben. Sie hat mir geschworen, dass sie mich immer lieben wird und ich habe ihr gesagt, dass sie mein Leben ist. Ich habe mir damals nichts dabei gedacht ... als ich am nächsten Tag am Nachmittag kam, war sie weg, alles war weg.

Ich habe sie tagelang gesucht, erst war ich verzweifelt, dann wütend. Ich wusste natürlich, dass das Leben mit mir gefährlich ist, doch ich habe nie verstanden, wieso sie gegangen ist. Unsere Liebe war das Wichtigste für sie, bis du kamst. Du bist ... unsere Liebe und sie wollte dich schützen vor der Welt, in der ich lebe. Du hattest eine sichere und unbeschwerte Kindheit.

Auch wenn es mich damals fast umgebracht hat, sie zu verlieren, erkenne ich jetzt, dass sie das Richtige getan hat. Ich war so wütend, dass ich zu meiner Frau zurückging. Ponce ist nur ein halbes Jahr jünger als du. Ich liebe meine Söhne über alles und auch das Leben hier, die Familia, aber deine Mutter war immer mein Leben, mein Herz. Sie zu verlieren war schlimmer als alles andere. Doch jetzt, wo du vor mir stehst, verstehe ich sie langsam und weiß, dass sie richtig gehandelt hat.«

Belinda weint immer mehr, und ihr Vater nimmt sie in seine Arme. Es ist zu unwirklich. Wie oft hat sie sich gewünscht, bei ihrem Vater zu sein, und jetzt legt sie ihren Kopf an seine starke Brust und er küsst ihren Kopf. »Ich vermisse sie, ich habe doch niemanden außer ihr, sie fehlt mir so sehr.« Endlich kann Belinda über ihre richtigen Gefühle sprechen. Ihr Vater hält sie fest im Arm.

»Mir auch, Belinda, und ich kann nicht glauben, dass sie tot ist und ich sie nicht noch einmal sehen kann. Aber weißt du was?« Er zeigt zum Himmel und streicht Belinda eine Träne von der Wange. So nah beieinander sieht man die Ähnlichkeit zwischen ihnen noch mehr und ihr Vater lächelt.

»Ich bin mir ganz sicher, dass sie jetzt von oben auf uns herabsieht und glücklich ist, sie hat dich lange genug geschützt und sich um dich gekümmert. Jetzt bin ich da, um das zu übernehmen. Du bist unsere Liebe, und wenn ich dich ansehe, erkenne ich so vieles von ihr und von mir. Ich werde dich mit meinem Leben schützen und versuchen, die letzten Jahre wieder gutzumachen, ich und deine Brüder. Sie müssen sich daran gewöhnen, eine Schwester zu haben, aber auch sie werden dich lieben.«

Belinda würde am liebsten laut auflachen bei dem Blick, den Alejandro ihr immer zuwirft, doch sie sieht ihrem Vater in die Augen. Das war noch nicht alles, sie braucht noch mehr Antworten. Auch wenn sie jetzt schon vollkommen fertig ist, hat sie das Gefühl, erst ein kleines Teil eines großen Puzzles aufgedeckt zu haben.

»Ich verstehe aber immer noch nicht, was wegen Vidal und den Los Puentes ...« Der Blick ihres Vaters versteinert augenblicklich, Hass und Wut spiegeln sich innerhalb von Sekunden in seinem

Gesicht wieder, auch wenn er sie weiterhin sanft in seinem Arm hält und ihr einen Kuss auf die Stirn gibt.

»Belinda, du bist eine Sombras, du musst noch viel lernen und verstehen, aber eine Sache musst du wissen. Erwähne diese Namen niemals in diesem Haus, niemals ...«

Santos kommt plötzlich zu ihnen auf die Terrasse. »Wir müssen los.« Ramiro löst sich von Belinda und die würde am liebsten losfluchen, schon wieder erfährt sie nichts von Vidal. »Tut mir leid, wir müssen zu diesem Treffen und danach gibt es noch weitere Termine, aber morgen Abend bin ich zurück. Wir unterhalten uns dann weiter, außerdem möchte ich dir gerne noch einiges zeigen. Bleibst du so lange hier? Du kannst in dem Zimmer bleiben, ich würde sehr gerne, dass du hier bei uns in Puerto Rico bleibst, Belinda. Wir sind deine Familie und du solltest bei uns sein.«

Belinda stockt, noch etwas hier zu bleiben ist ja kein Problem, aber für immer hier zu bleiben? Daran hat sie noch gar nicht gedacht, so war nie der Plan. Ramiro muss ihr Zögern gespürt haben. »Du kannst ja in Ruhe darüber nachdenken, aber bis morgen Abend bleibst du noch, oder?« Belinda sieht ein wenig Enttäuschung in seinem Blick. Hatte er wirklich erwartet, dass sie ihr komplettes Leben ohne zu zögern umwirft und hier bleibt?

»Ja ... das kann ich machen. Ich wollte aber Pablo im Krankenhaus besuchen.« Ihr Vater steckt sein Handy ein und sieht zu Santos. »Das ist der Besitzer des Cafés, wo sie gearbeitet hat.« Ihr Vater zuckt die Schultern. »Warte damit aber bis morgen, dann hat es sich sicherlich schon genug rumgesprochen und die Leute suchen nicht nach dir und gehen dir hoffentlich aus dem Weg, aber nimm lieber einen deiner Cousins mit, deine Brüder begleiten mich. Nimm mit, was du brauchst, du kannst dir auch ein Auto aussuchen ... fühl dich einfach wie zuhause, Belinda, denn das ist es, ich hoffe, dass du das alles hier auch bald als dein Zuhause ansehen kannst.«

Ihr Vater kommt zu ihr und gibt ihr einen Kuss auf die Stirn, als sie zu Santos blickt, zwinkert der ihr zu und schon sind beide verschwunden und Belinda bleibt noch immer verwirrt zurück.

Zwar hat sie jetzt schon einige Antworten, doch genauso schnell entstehen wieder neue Fragen, vor allem, dass ihr Vater wirklich denkt, sie könnte hier in Puerto Rico bleiben, macht sie unsicher. Kann sie das? Sie hat noch nie darüber nachgedacht. Fast schon aus Gewohnheit will Belinda aus ihrer Hosentasche ihr Handy ziehen und April anrufen, da ruft eine ihr inzwischen schon bekannte Stimme den halben Garten zusammen. »Belindaaa!!!«

Kapitel 5

Belinda sieht von der Terrasse hinunter in den Garten und entdeckt Alena, die zu ihr nach oben blickt. »Bist du auch mal wach, wie sieht es aus, bleibst du noch bei uns?« Belinda muss lächeln, ihre Cousine trägt nur ein kurzes schwarzes Hängerkleid und zieht sich gerade eine Sonnenbrille über die schönen grünen Augen, ihre Haare sind offen und sie sieht aus, als wäre sie auf dem direkten Weg zum Strand.

Als Belinda jetzt aus dem schattigen Teil der Terrasse tritt, spürt sie, wie heiß es bereits ist. »Ja, ein paar Tage bleibe ich noch, denke ich. Ich muss eh noch einiges in San Juan klären, und dann kann ich die restliche Zeit auch hier verbringen.« Alena strahlt und klatscht in die Hände. »Ich muss noch ein Paket abholen, ich kann dir dabei gleich etwas mehr von Arecibo zeigen, und danach können wir an den Strand gehen.« Ihr Vater hat sie gebeten, noch bis morgen zu warten, bevor sie Pablo besuchen geht, also zuckt Belinda die Schultern und stimmt zu. »Okay, von mir aus, ich komme runter.«

Auf dem Weg zu ihrem vorübergehenden Schlafzimmer steckt Belinda ihr Handy wieder weg. Sie wird diese Zeit, die sie hier hat, mit ihrer neu gefundenen Familie verbringen, April kann sie später anrufen. Belinda schnappt sich nur ihre Handtasche, sie wird auch gleich nach einem Bikini Ausschau halten. Sie bindet sich schnell einen Zopf, zieht sich auch ihre Sonnenbrille aus ihrer Tasche auf die Nase und schlüpft in ihre Flip Flops, die sie seit dem Tag trägt, an dem ihre Brüder sie quasi vor dem Casita entführt haben. Sie sollte sich auch nach Schuhen umsehen, immerhin hat sie noch genug Geld vom Shooting.

Belinda beißt sich auf die Lippen, während sie nach unten eilt. Sie hat im Buenito nichts mehr bezahlt, sie muss morgen unbedingt auch dahin, bezahlen und das Appartement ein paar Tage länger mieten. So in Gedanken vertieft, rennt sie fast in Alena hinein, die sich lachend bei ihr einhakt und ihr einen Kuss auf die Wange gibt. »Langsam, langsam, keine Sorge, ich renne schon nicht weg. Dein Vater und deine Brüder sind gerade losgefahren, konntest du dich mit Ramiro aussprechen?« Sie laufen in Richtung der Garagen. Belinda sieht sich noch einmal richtig um, wenn man sich hier nicht auskennt, kann man sich ganz leicht verlaufen. »Er hat mir einiges von der Zeit mit meiner Mutter erzählt, aber ich habe das Gefühl, dass je mehr ich erfahre, desto mehr Fragen stellen sich auch wieder neu.«

Auf dem Weg zu den Garagen kommen ihnen immer wieder Männer entgegen, nur bei wenigen kann sich Belinda erinnern, sie schon mal gesehen zu haben, aber jeder dieser Männer, wie gefährlich und unheimlich sie zum Teil auch wirken, nickt ihnen freundlich zu und begrüßt sie. In der Garage steuert Alena gleich einen großen schwarzen Jeep an. Belinda erinnert sich an die Worte ihres Vaters, dass sie sich ein Auto aussuchen darf und schüttelt den Kopf bei all dem Luxus. »Welche Autos gehören hier alle meinen Brüdern und Vater?«

Alena zeigt um sich herum. Diese Garage und die dahinter gehören komplett der engeren Familie, die gegenüber und noch zwei weitere den anderen Männern, es soll aber jetzt noch eine gebaut werden. Willst du fahren oder ein anderes Auto nehmen?« Belinda schüttelt kurz den Kopf und setzt sich neben Alena auf den Beifahrersitz. Wenn sie an ihren kleinen Schrottwagen in Portland denkt und auf die vielen Millionen Dollar schaut, die hier herumstehen, kommen ihr die Leben, die sie führen, immer unterschiedlicher vor.

Sie verlassen das Grundstück, die Männer, die hier Wache stehen, sehen nur kurz ins Auto und lassen sie durchfahren.

Alena zeigt ihr auf dem Weg immer wieder kleine Geschäfte. Sie fahren zum Hafen, und dort findet man auch alles andere, was man braucht, größere Supermärkte und auch viele Boutiquen. Ohne auf irgendwelche Schilder zu achten, stellt Alena ihr Auto ab. »Ich glaube, wir sollten einen anderen Parkplatz suchen.« Belinda zeigt auf ein Parkverbotsschild, doch Alena schließt das Auto und deutet ihr, ihr zu folgen. »Eine Sache, an die du dich schon mal gleich gewöhnen kannst ... für uns gelten hier keine Gesetze, wir sind das Gesetz. Da vorne am Hafen ist übrigens meine Schule, in zwei Wochen fängt sie wieder an.« Belinda sieht verwirrt zu dem hellblauen Gebäude, auf das Alena zeigt. »Die wievielte Klasse besuchst du? Wie alt bist du eigentlich?« Alena bringt sie durch eine kleine Gasse auf eine noch belebtere Geschäftsstraße. »Ich bin 21, eigentlich müsste ich schon bereits seit zwei Jahren fertig sein, doch ich mache gerade noch einen Aufbaukurs, um dann bald aufs College gehen zu können. Weißt du, das Problem ist einfach, dass es bei uns in der Familie regelmäßig so ist, dass ich nicht die Schule besuchen konnte. Wenn gerade ein großer Streit eskaliert oder etwas sehr unruhig ist, muss ich bei uns auf dem Grundstück bleiben, so habe ich viel Unterricht verpasst. Deswegen hat sich das alles so verzögert.«

Belinda bleibt kurz stehen. »Wie oft passiert das, dass du das Gelände nicht verlassen kannst?« Alena steuert einen großen Kiosk an. »Früher war das ziemlich oft, aber seit einem Jahr ungefähr ist die Stadt sehr abgesichert und auch wenn etwas ist, so wie es jetzt gerade passiert, dass welche hinter dir her sind, können wir uns hier in der Stadt immer relativ frei bewegen. Unser Gebiet erstreckt sich viel viel weiter, doch der Rest ist nicht sicher genug, dass die Jungs uns auch aus der Stadt lassen, hier können wir uns aber mittlerweile auch dann frei bewegen.«

Belinda kann das alles gar nicht fassen. »Das muss ja schrecklich sein, sich nicht frei bewegen zu können, wie man möchte.« Sie betreten den großen Laden. »Ach, ich habe schon so viel gesehen, glaube mir, wenn es zu gefährlich ist, bleibe ich lieber freiwillig zuhause, als zu riskieren, entführt zu werden ... Lilly, seit wann bist du wieder hier?«

Alena unterbricht ihr Gespräch und sieht verwundert zu einer hübschen, blonden jungen Frau mit hellblauen Augen. Der Laden ist ein großer Kiosk, in dem es auch einige Lebensmittel gibt. Hinter der Theke steht die junge Frau und sieht ihnen entgegen. »Hallo Alena, ich bin seit einigen Tagen wieder da, ich muss meiner Mutter helfen, aber ich habe nicht weiter vor, lange hier zu bleiben.« Alena verschränkt die Arme und sieht völlig perplex aus. »Okay, freut mich, weiß Santos schon, dass du wieder da bist?«

Die junge Frau sieht zu Belinda, aber sobald der Name Santos fällt, ändert sich ihr Blick. »Nein, wieso sollte er?« Alena schweigt einen Augenblick, dann löst sie ihre Arme und setzt ein unechtes Lächeln auf. Also Belinda kennt ja ihre Cousine erst seit gestern, aber selbst sie merkt, wie irritiert Alena ist. »Nein, du hast recht, entschuldige, ich bin nur … das kam unerwartet. Das hier ist übrigens Belinda, Santos Schwester.«

Lilly zieht verwundert die Augenbrauen hoch, doch sie lächelt Belinda an, ihr Lächeln wirkt, im Gegensatz zu dem von Alena, nicht gekünstelt. Sie ist eine wirklich hübsche Frau, schlank, doch auch wenn sie nur eine enge schwarze Hose und ein einfaches rosafarbenes Shirt mit tiefem Ausschnitt trägt, erkennt man sofort, dass sie eine sehr gute Figur hat, auch wenn sie so schmal wie Belinda ist und nicht die Latina-Kurven hat, die hier so üblich sind. Es ist aber auch zu bezweifeln, dass sie von hier stammt, sie hat ganz helle Haut und leichte Sommersprossen, ihre Augen funkeln blau und sind schön geschwungen. Ihre Haare sind zu einem dicken blonden Zopf zur Seite gebunden, sie ist nicht besonders stark geschminkt, und doch sieht sie aus wie ein Topmodel mit ihren schön geschwungenen Lippen und der kleinen Stupsnase. Sie kommt bestimmt aus einem europäischen Land.

»Seit wann hat Santos eine Schwester? Man sieht dir die Ähnlichkeit an, besonders zu Alejandro.« Lilly spricht perfekt spanisch, sogar mit dem Dialekt, an den sich Belinda so langsam gewöhnt hat. Alena scheint immer noch völlig neben sich zu stehen und Belinda reagiert und reicht Lilly die Hand. »Belinda, freut mich. Ich bin erst seit einigen Wochen in Puerto Rico und Santos kenne ich genau genommen erst seit gestern.« Lilly lächelt mild und wendet sich zu einem Regal, in dem einige Pakete liegen.

64

»Dann musst du dich sicher erst an das chaotische Leben hier gewöhnen, woher kommst du?« Belinda würde das sofort unterschreiben. »Das kannst du laut sagen ...« Sie stößt Alena leicht an, die dadurch langsam wieder zu sich kommt. »Ich komme aus Portland und du?« Lilly holt zwei kleine Pakete aus dem Regal und stellt sie vor Alena auf den Tisch, die die Pakete in ihre große Handtasche schiebt. »Ich bin hier geboren, aber ursprünglich kommt meine Familie aus Frankreich. Ich studiere dort gerade auch und bin hier nur, um meine Mutter zu unterstützen.«

Alena sieht sich um und neue Kunden betreten den Laden. »Wo ist deine Mutter überhaupt?« Lilly sieht auf den Tresen. »Sie ruht sich hinten etwas aus.« Alena lächelt und nickt. »Grüß sie, wir müssen los, bis dann, Lilly.« Auch Belinda lächelt noch einmal, doch als sie gerade den Laden verlassen wollen, ruft Lilly sie noch einmal. »Alena, wie geht es Santos eigentlich?« Alena setzt sich die Sonnenbrille auf und hebt die Arme etwas verzweifelt in die Luft. »Bis heute ging es ihm noch sehr gut.«

Belinda kann es kaum erwarten, dass sie ein paar Schritte vom Laden entfernt sind. »Was war das denn gerade?« Alena flucht und holt ihr Handy heraus, doch dann legt sie es schnell wieder zurück in die Tasche. »Verdammt, ich kann ihm das nicht mal sagen. Das ist Lilly, sie war bestimmt anderthalb Jahre weg, sie und Santos ... ich kann dir nicht mal sagen, wie man das nennen soll.

Lilly kennen wir alle schon von klein auf, ihren Eltern gehört der Kiosk und früher kamen darüber viele Lieferungen für die Familia, bis es so viel wurde, dass es nur noch über Schiffe und Flugzeuge ging. Ihre Eltern sind damals hergezogen, um sich den Traum von Leben unter Palmen zu erfüllen, der Vater hat schnell seinen Traum gefunden und schon seit Lilly sechs oder so war, ist er abgehauen und nie wieder aufgetaucht. Wir waren oft dort mit unserem Vater und Lilly war auch in unserer Schule, wir sind irgendwie zusammen groß geworden.

Wir alle haben sie sehr gemocht, sie war wie eine von uns, immer dabei, doch vor allem mit Santos war es etwas ganz Besonderes.

Sie waren zusammen und haben sich sehr geliebt. Santos hat immer auf sie geachtet, sie überall mit hingenommen. Wir haben nie darüber gesprochen, aber ich bin mir sicher, dass da mehr gelaufen ist.

Santos ist halt … deine Brüder sind alle Frauenschwärme, die Frauen hier liegen ihnen zu Füßen, alle wollen ein Teil unserer Familia sein, und deswegen hatte auch er ab und zu mal Frauen, nicht wie Alejandro oder einer der anderen, aber es kam öfter vor. Jeder hat Lilly angesehen, wie sehr es sie verletzt hat, doch sie hat es nie zugegeben oder versucht zu verstecken, wie sehr es sie gekränkt hat.

Wenn ich heute darüber nachdenke, war das alles damals echt merkwürdig. Dass Lilly Santos geliebt hat, war klar, bei ihm war man sich nicht so sicher. Klar war Lilly ihm wichtig, doch er hatte ja auch andere Frauen, ich hätte meine Hand nicht dafür ins Feuer gelegt, bis zu dem Tag …«

Sie stoppen vor einer Boutique, Alena scheint mit ihren Gedanken wieder in diese Zeit zurückgekehrt zu sein, und Belinda möchte unbedingt erfahren, was mit Santos und Lilly passiert ist. »Was war an dem Tag?« Alena schüttelt den Kopf. »Das war genau an Santos 23. Geburtstag, ich werde das nie vergessen. Wir haben eine riesige Party gefeiert, damals hatte Santos einen besten Freund, wir haben ihn alle Nacho genannt. Die beiden sind zusammen durch dick und dünn gegangen, er war dadurch auch in der engeren Familia und Santos hat ihm blind vertraut.

Ich weiß bis heute nicht genau, was da passiert ist, ich denke, so richtig weiß das keiner, aber je später es wurde und je mehr Alkohol getrunken wurde, umso ausgelassener wurde die Stimmung. Santos ist irgendwann von mehreren Frauen umbuhlt worden, und irgendwie muss sich Nacho um Lilly gekümmert haben. Ich weiß noch, wie sauer sie war, als sie gesehen hat, was Santos mit den Frauen gemacht hat, und eine halbe Stunde später hat Santos Lilly mit Nacho im Garten erwischt. Ich weiß nicht, wie weit sie gegangen sind, ich weiß aber noch genau, wie sehr Santos ausgerastet ist.

Nacho und Lilly waren die wichtigsten Personen für ihn, ich habe ihn noch nie so wütend gesehen wie damals und das habe ich auch bis heute nicht mehr. Da habe ich begriffen, dass er Lilly geliebt hat, auf seine komische Art und Weise vielleicht, aber sonst wäre er nicht so ausgetickt. Er hat Nacho fast umgebracht, und als Lilly dazwischengehen wollte, hat er auch ihr eine Ohrfeige gegeben.

Versteh das nicht falsch, Santos würde nie eine Frau schlagen, aber er war nicht er selbst. Alejandro und Levi haben ihn wirklich nur mit der allergrößten Mühe davon abgehalten, Nacho zu töten, es war ... schrecklich, Santos so zu sehen. Er hat die beiden verstoßen, er wollte nie wieder was mit ihnen zu tun haben. Ich habe Santos noch nie so gesehen wie die Zeit danach, es war, als ... wäre nur noch eine leere Hülle von ihm da.

Lilly ist kurze Zeit später nach Frankreich gegangen, wir haben sie nie wieder gesehen. Ich habe ab und zu nach ihr gefragt und wusste, dass es ihr gut geht, doch bis heute hat sie danach niemand mehr gesehen. Nacho hat noch einige Zeit versucht, wieder an Santos ranzukommen, doch er war ... Nacho war für ihn gestorben, und keine zwei Monate später hat Nacho angefangen, für die Los Puentes zu arbeiten. Zwar nur als kleiner Fisch, doch da hat man dann seinen wahren Charakter gesehen. Ich glaube, dass wenn Santos ihn noch einmal erwischen würde, er ihn wahrscheinlich wirklich töten wird, aber ich bezweifle, dass er sich ihm nochmal unter die Augen zu treten traut.«

Belinda sieht Alena in die Augen, was für eine traurige Geschichte. »Ist das der Grund für die Feindschaft zwischen den Los Puentes und den Cinco Sombras?« Alena lacht laut und schiebt Belinda in die Boutique. »Niemals, sie sind schon viel länger unsere Feinde, aber das ist nur ein kleiner Punkt auf einem riesigen Eisberg. Santos hat sich mit der Zeit wieder etwas eingekriegt, er hatte weiter seine Frauen, aber er hat letztes Jahr seinen Geburtstag nicht gefeiert, er hat bald wieder Geburtstag und er hat schon gesagt, dass er nicht feiern möchte. Ich weiß nicht, wie sehr ihn die Nachricht, dass Lilly wieder hier ist, treffen wird, aber ich werde das Adrian überlassen, wir beide gehen jetzt shoppen!«

Zwei Stunden und mehrere Einkaufstaschen voll später fahren sie zurück auf das riesige Anwesen der Cinco Sombras. Belinda ist noch immer ganz gefangen von der Geschichte mit Santos und Lilly, sodass sie kaum auf das Gerede von Alena eingehen kann. Sie erklärt ihr gerade, wieso ihr knalligere Farben mehr stehen als Pastelltöne. Belinda wollte mehr von den Los Puentes erfahren, doch Alena lenkt sofort ab, sobald es in diese Richtung geht. Es ist die Frage, ob sie nicht darüber reden möchte oder nicht darüber reden darf.

Sie stellen das Auto in der Garage ab. Als sie auf das Grundstück gefahren sind, haben gerade einige Autos die Cuidad verlassen, als sie zu ihren Häusern gehen, ist es angenehm ruhig, kaum einer kommt ihnen entgegen, was aber auch an der glühenden Hitze liegen kann. »Willst du zu uns kommen?« Alena hält bei einem der vielen riesigen Häuser an. Hier lebt sie mit ihrer Mutter, Roman teilt sich mit Ponce ein Haus direkt danebem, so viel hat Belinda schon erfahren, ihre beiden anderen Brüder und die Cousins haben alle eigene Häuser, die hier nebeneinander stehen, die Mitte bildet das Haus ihres Vaters, worin sie gerade untergekommen ist. Die anderen Männer wohnen alle quasi in zweiter, dritter und den anderen Reihen dahinter. Alena hat ihr sogar anvertraut, dass es hier ein riesiges Lager gibt, wo viele Waren untergebracht sind, Belinda muss sich in dieser riesigen Cuidad unbedingt genauer umsehen.

»Nein danke, ich bringe die Taschen rein und rufe meine Freundin an, und dann müssen wir direkt zum Strand, ich komme um vor Hitze.« Alena lacht und hebt die Hand. »Ich bin in einer halben Stunde bei dir.« Während Belinda die letzten Meter bis zum Haus ihres Vaters läuft, lässt sie einige Dinge auf sich wirken, die ihr nebenbei immer mehr auffallen. Alle Türen hier sind offen, niemand benutzt einen Schlüssel, offenbar muss diese Cuidad wirklich absolut sicher sein.

Auch sie drückt jetzt nur die Türklinke und gelangt direkt ins Haus. »Hallo Señora. Ich habe schon etwas zu essen zubereitet.« Die Haushälterin, die ihr auch schon das Frühstück gebracht hat, scheint sie schon erwartet zu haben. Belinda lässt die Tüten auf den Boden fallen und geht zu ihr in die riesige amerikanische Küche. Es steht eine Suppe bereit, Salat mit gegrilltem Fleisch und ein lecker gebratener Fisch. Belinda bedankt sich und spürt erst jetzt richtig, wie hungrig sie wirklich ist. Sie setzt sich und beginnt zu essen, die Haushälterin schnappt sich inzwischen die Tüten und bringt sie nach oben, Belinda ist all diese Aufmerksamkeit gar nicht gewöhnt.

Sie möchte gerade April anrufen, da klingelt ihr Handy und ihr Herz schlägt schneller, als sie sieht, dass es ihr Vater ist. Nachdem sie sich gemeldet hat, fragt er sie, ob alles in Ordnung ist. Belinda erzählt ihm, dass sie mit Alena einkaufen war, jetzt gerade isst und sie gleich zum Strand möchten. Ramiro scheint beruhigt zu sein und versichert ihr noch einmal, dass er morgen Abend zurück sein wird, sie erkennt Ponce im Hintergrund und ihr Vater grüßt sie von ihren Brüdern, bevor sie auflegen.

Belinda isst weiter und sieht sich das Handy genau an, würde sie hier wirklich leben können? Für immer? Sie kann das nicht einfach so entscheiden, aber natürlich fühlt sie sich hier wohl und es ist aufregend hier zu sein, bei ihrem Vater und den Brüdern. Belinda steht auf und macht viele Fotos, die sie dann April schickt. Sie sollte ihr Bilder von ihren Brüdern schicken, da die aber nicht da sind, fotografiert sie einige Bilder aus dem Flur ab, geht schnell nach oben und zieht sich den Bikini über.

Sie nimmt ihre Sonnenbrille und ein großes Handtuch aus dem Bad mit nach unten und ruft April an, die sich gar nicht mehr einkriegt. Wenn es nach April geht, soll Belinda so lange unten bleiben, bis sie es hinbekommen hat, ein paar Wochen Urlaub zu organisieren und sie auch nach Puerto Rico geflogen kommt.

Außerdem findet sie ihre Brüder heiß, besonders Alejandro, was Belinda nur den Kopf schütteln lässt, er ist kalt, eiskalt, aber dass er gut aussieht, kann sie nicht abstreiten.

Belinda erzählt ihr ein wenig vom Gespräch mit ihrem Vater, bis es klingelt. Sie legen auf und Belinda verspricht, morgen wieder anzurufen, bevor sie schnell die Tür öffnet, um Alena hereinzulassen, nur dass vor der Tür nicht Alena, sondern Suerte mit seinen wilden Locken und dem unverschämt hübschen Lächeln steht. »Uups, ich dachte, du wärst ...« Sie spürt Suertes Blick an sich hinunterwandern und ihr wird heiß, an den Stellen, wo sie seinen Blick auf sich spürt. Sie hat ganz vergessen, dass sie nur einen Bikini trägt.

»Ich soll dir das von deinem Vater geben, du hast dort genug Geld drauf und sollte es mal nicht reichen, ruf einen von uns an und wir lassen sie sofort auffüllen. Wollt ihr zum Strand?« Belinda spürt wie rot sie wird, als Suerte ihr die schwarze Kreditkarte gibt und dabei sein Lächeln gar nicht mehr aus dem Gesicht bekommt und sie kann nur nicken.

»Ich sorge dafür, dass er leer ist und wenn du möchtest, können wir später dort ein Feuer machen. Ich komme dann mit Adrian, wir müssen nur noch etwas erledigen.« Alena kommt an Suerte vorbei ins Haus, sie hat nur ein Handtuch über ihrem Bikini. »Ja, macht das.« Natürlich würde Alena nicht klingeln, wieso hat sie nicht gleich daran gedacht?

Suerte zwinkert ihr noch einmal zu und geht dann, während Belinda Alena durch den Garten zum Meer folgt. Sie stockt, als sie wirklich auf dem privaten Gelände steht, es ist atemberaubend, der Strand ist weiß, das Meer türkisblau, es gibt einen Steg mit vielen Booten, auf denen zwei Männer mit Maschinenpistolen stehen, die sich aber respektvoll zurückziehen, als sie den Strand betreten.

Belinda betritt den warmen Sand, schließt die Augen und lauscht dem Rauschen des Meeres, während sie die Nachmittagssonne Puerto Ricos wärmt. Die Haushälterin bringt ihnen zwei Kokosnüsse mit Strohhalm und zieht sich auch sofort wieder zurück.

Belinda nimmt einen Schluck und schließt noch einmal die Augen. Sie ist im Paradies angekommen.

Kapitel 6

»Hey, ist alles in Ordnung bei dir?« Camilla dreht sich abrupt vom Fenster weg, als plötzlich Dante hinter ihr steht. Sie hat lange geschlafen, ehrlich gesagt hat sie es viel zu sehr genossen, die Nähe von Dante zu spüren. Irgendwann ist er aufgestanden und war weg, als Camilla dann wach wurde, ist er wiedergekommen. Sie haben zusammen gefrühstückt, danach hat Camilla einfach nur in Dantes Haus herumgelungert, da er wieder weg musste. Es ist fantastisch hier, der pure Luxus, vom kleinen Heimkino zum Pool und zum riesigen Bad gibt es alles, was man sich vorstellen kann und doch fällt es ihr schwer, sich zu entspannen, zumindest solange Dante weg ist.

Vor einer Stunde haben sie zusammen mit Benito gegessen, jetzt wollen sie losfahren, um Vidal und Elian vom Flughafen abzuholen. Camilla starrt die ganze Zeit über durch die Terrassentür auf die Ecke, in der sie vor einigen Tagen beobachten musste, wie der fremde Mann Artur ermordet hat. »Ja, es ist alles in Ordnung. Mir fällt es aber nicht so leicht, hier zu sein.« Camilla ist ehrlich und Dante sieht auch zu der Stelle. »Das tut mir wirklich leid, mir ist es wichtig, dass du dich hier wohlfühlst. Du wirst das irgendwann vergessen.« Das bezweifelt sie stark.

Dante hat Camilla heute immer wieder auf den Mund geküsst, einfach, kurz und doch jedes Mal mit Gefühl. Er macht das auch, wenn andere um sie beide herum sind und Camilla hat das Gefühl, er denkt, sie wären nun zusammen, so etwas wie ein Paar. Dass sie gar keine Beziehung führen kann, wie er es kennt, scheint er sehr schnell wieder verdrängt zu haben. Auch wenn er sie wirklich nicht bedrängt oder ähnliches, seitdem sie hier in seinem Haus ist, er ist einfach nur lieb und zuvorkommend, doch an seinem Verhalten merkt man, dass er sich falsche Hoffnungen macht.

»Schon gut, du kannst ja nichts dafür. Wie lange werdet ihr weg sein und wann kann ich wieder nach Hause?« Dante reibt sich müde mit seiner Hand über das Gesicht. »Bisher haben wir noch nicht viel herausgefunden, inwieweit noch nach euch gesucht wird. Wir haben auch die Nachricht bekommen, dass Belinda nun offiziell zu den Cinco Sombras gehört, genauso haben wir überall verbreiten lassen, dass du zu uns gehörst und unter unserem Schutz stehst. Ich hoffe, es hat sich schon weit genug herumgesprochen, aber wir haben dafür keine Garantie.

Die Beerdigung von Artur war bereits im engsten Kreis, in drei Tagen wird die Abschiedsfeier sein, an der alle Familias des Landes teilnehmen müssen, du solltest solange wirklich bei uns bleiben, danach kannst du dich wieder frei bewegen, dann sollten es alle mitbekommen haben.«

Bevor Camilla etwas erwidern kann, klopft es an der Tür. »Ich muss los, wir sind in ungefähr zwei Stunden wieder hier, fühle dich wie zuhause, wenn was ist, ruf einfach an.« Vorhin haben die beiden das erste Mal ihre Handynunmern ausgetauscht. Zwischen ihnen läuft schon länger etwas, Dante versucht schon länger, sie für sich zu gewinnen, aber sie haben noch nie die Nummern ausgetauscht. »Camilla?« Sie merkt gar nicht, wie ihre Gedanken immer abdriften. Sie nickt nur und Dante sieht ihr noch einmal unsicher in die Augen, bevor er geht.

Camilla hat noch nie so schöne Augen gesehen wie die von Dante. Sie sind nicht ganz so dunkel wie ihre, er hat lange, gebogene Wimpern, doch trotzdem blicken sie hart in die Welt hinaus, auch sie sieht Dante immer mit einer gewissen Härte an, doch wenn sie sich küssen oder er sieht, dass sie unsicher oder ängstlich ist, verschwindet dieses Harte und das liebt Camilla so.

Es war schön, heute Nacht neben ihm zu schlafen, sie hat gespürt, wie er sie eng an sich gezogen und sie immer wieder auf die Wange geküsst hat, doch sie hat sich gezwungen, die Augen geschlossen zu lassen. In ihr kamen diese Gefühle hoch, die sie so oft verdrängt. Neben der Sehnsucht nach Nähe, ist sie trotz allem eine 23-jährige Frau, die genau wie alle anderen Menschen auch Bedürfnisse hat.

74

In dem Moment war alles so präsent, seine Wärme, seine Haut, sein Geruch, hätte sich Camilla einfach ihren Gefühlen hingegeben, wären ihre Pläne, sich bis zur Hochzeit aufzuheben, ganz schnell vorbei gewesen. Vielleicht hat sie deshalb den Kontakt zu Männern immer so gut wie vermieden, weil sie weiß, dass es auch für sie schwer ist, zu widerstehen. Wie sollte das jemand wie Dante für eine längere Zeit können?

Camilla wird niemals noch drei Tage hier bleiben, sie ist selbstständig und kann gut auf sich allein aufpassen, auch wenn sie Dantes fürsorgliche Art wirklich sehr niedlich findet. Sie versteht, dass Dante sich Sorgen macht, gleichzeitig ist sie sich aber auch absolut sicher, dass es umsonst ist.

Als sie die Wagen starten hört, atmet sie tief ein. Sie schlendert durch das Haus, sieht sich die Bilder von Dante an und grübelt. Vorhin beim Essen hat sie ein wenig über die Familie nachgefragt, doch so richtig blickt sie da immer noch nicht durch. Vidal und Elian sind Brüder, ihr Vater war bis vor Kurzem selbst noch Anführer und lebt jetzt mit ihrer Mutter auch hier, aber etwas weiter weg von der Cuidad, auf dem Land.

Dort lebt auch der Vater von Benito und dessen Zwillingsschwestern Dalila und Delicia, die gerade zwanzig geworden sind, ihre Mutter ist bei der Geburt der Zwillinge verstorben. Dann gibt es noch Ponce, da ein Anführer der Cinco Sombras ebenso heißt, hat er schon sehr früh den Spitznamen Cuca bekommen und wird nur noch so genannt. Cuca hatte noch zwei Brüder, die aber wie auch sein Vater schon länger tot sind. Niemand redet über die Gründe dafür, nur dass seine Mutter bei den Eltern von Vidal und Elian mit im Haus lebt. Dantes Vater lebt nicht mehr, seine Mutter soll in einer Klinik sein und seine Schwester Suela lebt bei Vidals Eltern.

Offenbar leben hier in der Cuidad nur die jüngeren männlichen Mitglieder der Familie, die Eltern und Schwestern leben auf dem Land, wo es auch ein größeres Anwesen von ihnen geben muss. Zudem haben sie noch mehrere Cousins, die im Ausland für die

Familia leben und arbeiten, wenn man aber etwas länger hier ist, spürt man schnell, dass Vidal, Elian, Dante, Benito, Cuca und Aaron das Sagen hier haben, wobei Vidal wohl das letzte Wort haben muss.

Es ist eine hübsche Familie. Bei den Fotos, die auf Festen gemacht wurden, sehen alle Personen schön aus, die Frauen, die Töchter, die Männer haben alle etwas Mächtiges und Elegantes an sich. Auf einem älteren Foto hat Vidal den Arm um ein Mädchen gelegt, was glücklich in die Kamera strahlt. Sie ist dunkel und sehr hübsch, die beiden sind auf dem Bild vielleicht gerade mal sechzehn Jahre. Ob das diejenige ist, wegen der Vidal einmal fast seinen Verstand verloren haben soll? Diese Gerüchte gab es schon immer, doch Camilla hat nie etwas Genaues dazu gehört.

Doch egal, wer alles auf den Bildern ist, wie viele Personen und wie gut sie aussehen, immer und überall strahlt ihr Dante entgegen und jedes Mal wenn sie ihn erblickt, rumort es aufgeregt in ihr. Camilla seufzt auf und streicht über eines der Bilder, ob sie sich bereits in ihn verliebt hat? Sie weiß es nicht, aber sie weiß, wie sie all das langsam beenden kann. Wild entschlossen geht sie nach oben ins Schlafzimmer, wo noch einige ihrer Sachen liegen, sie kramt alles zusammen und stolpert quasi über ein Shirt, was Dante heute Mittag kurz gewechselt hat. Als sie es hochnimmt und daran riecht, umhüllt sie sofort sein vertrauter Geruch und sie schließt die Augen, doch dann ermahnt sie sich, stopft es aber trotzdem in ihre Tasche und verlässt so schnell sie kann das Haus.

Camilla schafft es, ungesehen bis zum bewachten Tor zu kommen, sie muss nicht flüchten, sie ist ein freier Mensch und kann tun und lassen, was sie möchte, doch so ist es einfacher. Dante erfährt sonst, dass sie weg ist, ruft sie an und bittet sie zu bleiben. Camilla ist frei, doch sie spürt immer mehr, dass sie es im Herzen nicht ist und es ihr nicht gelingen wird zu gehen, wenn er sie bittet zu bleiben.

Doch das muss sie gar nicht, als sie zum Tor kommt, stehen gerade zwei Transporter dort und die Wachen kontrollieren die Waren.

Drei Frauen, die wahrscheinlich bei einigen Männern hier waren, sind ebenfalls auf dem Weg hinaus, und Camilla stellt sich einfach schnell zu ihnen. »Sagt mal, fahrt ihr nach San Juan?« Die Wachen nicken ihnen nur zu, als sie das Gelände verlassen. »Ja, wir zwei, sollen wir dich mitnehmen?« Camilla lächelt und nickt. »Danke, das wäre nett.«

Etwas mehr als eine Stunde später kommt Camilla ins Krankenhaus von San Juan, doch das war die längste Stunde seit Langem. Die Frauen, mit denen sie gefahren ist, sind regelmäßig in der Puentes Cuidad. Für sie scheint das alles wie eine Chance auf das Leben ihrer Träume. Sie haben dort regelmäßig etwas mit unterschiedlichen Männern und hoffen einfach darauf, dass mit einem von ihnen irgendwann etwas Festeres sein wird.

Auf Nachfrage von Camilla, was für eine Art von Leben sie sich denn dort genau erhoffen, haben sie erklärt, dass sie einen heißen Mann an ihrer Seite haben werden und für den Rest des Lebens ausgesorgt hätten, dazu müssten sie sich an der Seite eines Mitgliedes der Puentes keine Sorgen mehr machen. Camilla wollte es nicht tun, doch sie konnte sich nicht verkneifen nachzufragen, ob eine von ihnen auch etwas mit Dante hatte.

Natürlich hat genau die Hübschere der beiden vielsagend mit den Augenbrauen gewackelt und erklärt, dass sie das Glück hatte, ihm schon nähergekommen zu sein. Allerdings sei das schon eine Weile her gewesen und soweit sie weiß, hat er sich schon eine ganze Zeit lang auf keine Frau mehr eingelassen. Einerseits ekelt es Camilla an, wenn sie daran denkt, dass Dante schon so einige Frauen hatte, der Gedanke, dass er diese Lebensweise jetzt aber geändert hat, lässt andererseits auch ihren Magen kribbeln, was es gar nicht sollte.

Sie muss Abstand wahren, körperlich und emotional.

Camilla sitzt eine Weile neben dem schlafenden Pablo, er hat einige komplizierte Brüche und einige Quetschungen davongetragen und wurde heute operiert. Zwei Freunde von ihm, die sie auch aus dem Casita kennt, sitzen ebenfalls an seinem Bett. Es dauert, bis er zu sich kommt und wie immer spielt er sofort den Helden, auch wenn man ihm ansieht, dass er starke Schmerzen haben muss. Als sie sich am Abend verabschiedet, spürt sie seine Sorgen wegen dem Casita und verspricht, in zwei Tagen damit zu beginnen, es wieder mit aufzubauen. Morgen werden Handwerker das Schlimmste beseitigen und ab übermorgen werden Belinda und sie wieder übernehmen.

Auf dem Weg in ihre Wohnung versucht Camilla, Belinda zu erreichen, aber es ist besetzt, also schreibt sie ihr eine Nachricht. Sobald sie dann bei sich den Hausflur betritt, überkommt sie ein mulmiges Gefühl. Es ist dunkel und ruhig, vielleicht zu ruhig. Ihr kommen die Bilder hoch, die Bilder, die sie tagsüber zwar schafft zu verdrängen, die sich aber tief in sie eingebrannt haben. Die Bilder des Morgens, an dem sie den Mord an Artur gesehen hat, genau wie Pablos Anblick, als sie ihn gefunden haben, verfolgen sie seitdem oft, doch jetzt in ihrem Hausflur schneiden sie ihr die Luft zum Atmen ab.

Camilla hält mitten auf der Treppe ein, als sie von oben lautes Gepolter hört, vielleicht war es doch nicht so eine gute Idee herzukommen. Camilla kann es sich kaum vorstellen, sie war nie eine besonders ängstliche Frau, doch vielleicht haben die Kerle, die nach Belinda und ihr suchen, wirklich ihre Adresse herausbekommen. Es poltert noch einmal und eine Frau schreit los und Belinda erkennt, dass es nur wieder das Pärchen unter ihr ist, was sich mal wieder zu laut in die Haare bekommen hat.

Sie darf sich nicht verrückt machen, wenn sie zulässt, dass die Angst sie beherrscht und ihr Leben bestimmt, hat sie eh verloren. Sie geht entschlossen weiter die Treppe hoch. Selbst wenn jemand ihre Adresse kennt, wie groß ist die Wahrscheinlichkeit, dass diese Personen jetzt tagelang auf sie warten? Es ist ja nun wirklich nicht so, als wäre sie der Staatsfeind Nummer eins, sie muss versuchen, mit ihrem Verstand an die Sache heranzugehen, genau wie an die Geschichte mit Dante und aufhören, sich ständig von Gefühlen leiten zu lassen.

Camilla atmet erleichtert durch, als sie die Wohnungstür aufschließt, sie ist noch abgeschlossen. Wäre jemand hier gewesen, hätte er sicherlich nicht danach wieder abgeschlossen, und ihre Mitbewohnerin ist noch für zwei Wochen in Los Angeles. Es fühlt sich gut an, wieder in ihren eigenen vier Wänden zu sein. Camilla schlüpft aus ihren Schuhen und möchte am liebsten sofort unter die Dusche und sich endlich frische Sachen anziehen. Sie fischt ihr Handy aus der Handtasche und merkt, das es aus ist, der Akku muss leer sein. Sie geht in ihr Zimmer und schließt das Handy an das Ladegerät an, dabei fällt ihr die Unordnung auf ihrem Schreibtisch auf.

Es sind Semesterferien und sie hat schon lange nicht mehr am Schreibtisch gesessen, ihr Schreibtisch ist nie ordentlich, doch so ein Chaos hat sie doch niemals hinterlassen. Wieder kommt diese Unruhe in ihr hoch, die sie auch schon im Treppenflur gespürt hat. Sie nimmt sich einen frischen Slip aus ihrer Kommode und geht über den Flur zu ihrem Bad. Noch während sie sich ermahnt, ruhig zu bleiben und klar zu denken, bemerkt sie im Wohnzimmer die offene Balkontür.

Camillas Herz schlägt bis zum Anschlag. Sie läuft leise zum Balkon, die weißen Vorhänge fliegen ihr durch den Nachtwind aufgewirbelt entgegen. Gerade als sie auf den Balkon treten will, ertönt ein ohrenbetäubender Krach und mehrere Blumentöpfe fallen um. Camilla taumelt nach hinten und fällt zurück ins Wohnzimmer, trotzdem erkennt sie, dass der Krach durch eine Katze verursacht wurde, die es sich offenbar auf ihrem Balkon gemütlich gemacht hat und die durch Camilla aufgeschreckt wurde.

Sie flucht und hält sich den Arm, den sie sich beim Fallen aufgeschürft hat. Die Katze flüchtet über die Feuerleiter nach unten, während Camilla sich aufrappelt und auf den nun leeren Balkon tritt und auf die Straße hinuntersieht. Sie muss sich zusammenreißen, auch wenn ihr gerade in dem Moment bewusst wird, wie gefährlich es ist mit solch einer Feuerleiter. Den Schutz, den man bei Feuer hat, ist durch die Gefahr, dass durch die Leiter jeder auf ihren Balkon kann, gleich wieder zunichte gemacht.

Camilla ärgert sich über sich selbst, sie ist eine erwachsene Frau und kein junger Teenie, der gerade einen Horrorfilm gesehen hat. Sie tritt zurück in ihre Wohnung und schließt die Balkontür. Sie wird vergessen haben, sie beim letzten Verlassen der Wohnung richtig geschlossen zu haben, es wäre nicht das erste Mal.

Ohne sich weiter über all das Gedanken zu machen, stellt sich Camilla unter die Dusche und genießt die warmen Strahlen des Wassers. Sie muss an Dante denken und wie sehr ihr seine Nähe gefallen hat. Als sie sich einseift, spürt sie das erste Mal ihren Körper richtig unter ihren Händen, und als sie sich in ihrer Mitte wäscht, kommen wieder diese Gefühle hoch, die sie jedes Mal spürt, wenn sie Dante so nah kommt.

Blitzschnell duscht sie sich ab und steigt aus der Dusche, ihr wurde mehr als einmal erklärt, dass sie sich nicht selbst so anfassen darf und sollten trotzdem solche Gefühle entstehen, sie es ignorieren soll. Sie möchte das für ihren Mann aufheben, möchte diese Gefühle mit dem Menschen teilen, mit dem sie für den Rest des Leben zusammen sein wird. Während sie sich abtrocknet, ertönt wieder ein Knall, wenn auch leiser. Camilla bindet sich das Handtuch um und geht schnell zurück in den Flur, doch als sie ins Wohnzimmer und auf den Balkon sieht, bildet sie sich ein, einen Schatten zu erkennen und rennt schnell in ihr Zimmer, wo sie die Tür zuschlägt.

Sie hockt sich neben das Bett und greift nach ihrer Tasche, die neben ihr liegt, bis ihr einfällt, dass ihr Handy noch am Ladegerät am Schreibtisch steckt. Sie bekommt Dantes Shirt zu fassen und streift es sich schnell statt des Handtuches über, wieder hört sie etwas, will zum Handy, doch genau in dem Moment sieht sie durch die kleinen Fenster an ihrer Zimmertür, dass im Hausflur Licht angeht und hört schwere Schritte.

Sie kauert sich zurück neben das Bett und beginnt bitterlich zu weinen. Was hat sie sich dabei gedacht, allein herzukommen?

Dachte sie wirklich, sie wäre stärker als das, was soviel Leid verursacht? Die Schritte werden lauter und Camilla schließt einen Augenblick die Augen, so wie sie es als kleines Kind getan hat, wenn sie Alpträume hatte, doch dieses Mal hält jemand genau vor ihrer Haustür, als sie die Augen wieder öffnet, und das Böse ist nicht wie früher immer verschwunden.

Plötzlich rüttelt jemand an ihrer Haustür und Camilla erschreckt sich so sehr, dass sie zu schreien beginnt, die Haustür wird geöffnet und fällt dann krachend wieder zurück ins Schloss. Camilla weint und schreit, als sie einen großen Schatten sieht, der schnell auf ihr Zimmer zukommt: Die Tür wird aufgestoßen und Camilla blickt auf Dante, der sie besorgt ansieht.

»Was ist los? Komm her! Hat dich jemand angefasst? Ist jemand hier?« Noch nie war Camilla so glücklich, jemanden zu sehen, sie geht schnell zu Dante und in seine Arme, dabei ignoriert sie die Waffe in seiner Hand. »Hey, du zitterst ja, sieh mich an, Camilla, was ist passiert?« Camilla versucht zu beschreiben was ist, Dante deutet ihr, hinter ihm zu bleiben und geht ins Wohnzimmer, wo er mit gezückter Waffe die Balkontür erneut öffnet, er tritt hinaus und kommt eine Sekunde später mit einem Babykätzchen in der Hand zurück.

»Die Mutter holt ihre Kinder, sie findet deinen Balkon offensichtlich nicht mehr sicher genug.« Camilla streicht sich die Tränen weg und schüttelt den Kopf. »Es tut mir leid, dass ich so ausgetickt bin, normalerweise ...« Dante bringt das Kätzchen wieder hinaus und schließt die Balkontür. »Es ist aber nicht normalerweise und du hast absolut recht, ängstlich zu sein. Es war garantiert jemand hier, auch wenn die jetzt wieder weg sind. Du hättest bei mir bleiben sollen, du bist hier nicht sicher. Sobald ich zuhause war und gemerkt habe, dass du weg bist, bin ich hergekommen.«

»Wie bist du in die Wohnung gekommen, oder hast du sie aufgebrochen?« Dante tritt zu ihr und begutachtet ihren zerkratzten Ellbogen, dabei wandert sein Blick über ihren nur durch sein Shirt verdeckten Körper. »Nein, das muss ich nicht, eine Tür zu öffnen ist kein Problem, weder für mich, noch für andere.« Camilla nickt und hält dem Blick stand, der sich jetzt in sie bohrt. Dante durchforscht sie, versucht in ihr Inneres zu sehen, aber auch wenn sich Camilla plötzlich noch nackter vorkommt, als sie es tatsächlich ist, hält sie dem Blick stand.

»Ich bin es gewohnt, für mich selbst zu sorgen und selbstständig zu sein. Ich wollte einfach zurück in meine Wohnung ...« Camilla liebt es, wie Dante über ihren verletzten Arm streicht und ihr gleichzeitig in die Augen sieht, er ist in dem Moment der schönste Mann für sie und sie spürt, wie ihre Mauer wieder einmal in seiner Nähe einstürzt.

»Gut, dann bleibe ich bei dir!« Mit dieser Antwort hat sie nun gar nicht gerechnet. »Wie bitte?« Dante tritt noch näher. »Ich bleibe bei dir, Camilla, ich werde bei dir bleiben, komme was wolle. Ich beschütze dich.« Er blickt an ihr herunter auf sein Shirt. »Und es sieht nicht so aus, als wäre es dir unangenehm.« Camilla hat so viel auf den Lippen, doch seine Worte brennen sich tief in ihr Herz, und wieder steigen ihr Tränen in die Augen, was Dante merkt.

Seine Hand legt sich an ihre Wange.

»Ich bleibe bei dir, Camilla, ich lasse dich nicht im Stich!«

Camilla küsst ihn, sie kann und sie will nicht anders und Dante reagiert sofort, er steckt seine Waffe weg und hebt sie hoch, als er sie fordernd zurück küsst. Schnell umfasst er ihre Beine und hebt sie hoch, sodass sie sich hinter seinem Rücken überkreuzen. »Seit ich dich so nah bei mir hatte, kann ich an nichts anderes mehr denken.« Dante flüstert, als er ihren Hals entlang küsst, während er sie über den Flur in ihr Zimmer bringt. Behutsam legt er sie auf ihr Bett und führt ihre Lippen wieder zusammen, doch Camilla stoppt vorher. »Ich muss auch ständig daran denken.«

Dante lächelt und küsst sie, doch dieses Mal ist es nicht mehr so fordernd, nur noch zärtlich, und dann streicht er ihr die noch nassen Haare aus dem Gesicht und küsst ihre Stirn. »Und auch wenn es mir schwerfällt und schwerfallen wird, weil ich dir und deinem sexy Körper total verfallen bin, ich werde deine Einstellung zum Sex und allem anderen respektieren und versuchen, damit umzugehen ... Du bist mir wichtig und wie gesagt, ich bleibe bei dir.«

Camilla lächelt und streicht über seine Wange, während sie sich in die Augen sehen, und da spürt sie genau, dass sie sich bereits in Dante verliebt hat. Diese Erkenntnis ist beängstigend und befreiend zugleich. »Okay, lass mich ein paar Sachen zusammenpacken und wir fahren zu dir, zumindest bis diese Trauerfeier ist, werde ich dort wohl wirklich am sichersten sein, danach kann ich ... oder können wir ja überlegen, wie wir die Wohnung sicher bekommen.« Dante hat ein überglückliches Lächeln in den Augen. »Sag das nochmal ... wir, können wir.«

Camilla lacht und küsst ihn auf die Lippen, vor einigen Wochen hätte sie das nie gedacht und noch immer spricht viel zu viel dagegen, doch es fühlt sich auch viel zu richtig an, um dieses Gefühl zu ignorieren.

»Wir ... können wir!«

Kapitel 7

Belinda öffnet müde die Augen und versucht, diesen verwirrenden Traum von sich zu schütteln. Sie hat die ganze Nacht von Vidal geträumt. Zuerst war der Traum wunderschön, sie hat ihn fast gespürt, es war, als säße sie wieder in seinem Wagen und würde seine Nähe genießen, sie bekommt noch immer eine Gänsehaut, wenn sie an den Blick denkt, den er ihr jedes Mal schenkt, wie tief sie sich fallen lässt, wenn sie ihm in die Augen sieht und wie gerne sie bei ihm ist.

Sie hat mit ihren Fingern alles nachgezeichnet, was Vidal ausmacht, was ihn so anziehend auf sie wirken lässt, seine schön geschwungenen Lippen und das freche Lächeln, seine Grübchen auf der Wange und seine dunklen Augen, sein markantes wunderschönes Gesicht und die LP-Tätowierung am Hals. Vidal hat ganz still gehalten und sie beobachtet. »Versprochen?« Es ist nur ein Flüstern mit seiner rauen Stimme, doch Belinda hört ihn und sie erinnert sich sofort an die letzten Worte, die sie gewechselt haben, als sie sich das letzte Mal gesehen haben. Noch während sie ihre Antwort geflüstert hat, ist das Bild verschwommen. »Versprochen, ich bin da.«

Vidals Gesicht wurde immer unklarer und durch Unmengen von Blut ersetzt. Alles wurde rot, sie hat entsetzliche Schreie von Menschen gehört. Plötzlich war da Suerte mit seinen Locken, doch sein Lächeln ist einem wütenden, bösen Gesichtsausdruck gewichen. Er hat ihr die Hand hingehalten und ihr gesagt, sie soll kommen. Belinda hat wieder zu Vidal geguckt, doch der war verschwunden und plötzlich stand Alejandro neben Suerte. Sein Gesichtsausdruck und seine Mimik waren wie immer, kalt und unnahbar, doch seine Worte scharf wie ein Messer.

»Nimm seine Hand, Belinda, es ist besser für dich!«

Da muss Belinda langsam wach geworden sein, noch immer steckt ihr all das in den Knochen. Sie hat sicherlich so wirr geträumt, weil sie gestern so wie die Tage davor ständig an Vidal denken musste und an ihr Versprechen. Dazu hatten sie gestern noch einen wirklich wunderschönen Abend am Strand.

Nachdem sie im Meer waren und sich ausgiebig gesonnt haben, sind irgendwann Suerte und Adrian zu ihnen gekommen. Suerte ist ein fantastischer Mann, er ist wirklich sehr hübsch, wild und doch nicht so unnahbar wie Vidal und auch einige aus ihrer Familie. Er hatte nur eine Shorts an, und die Flammen des Lagerfeuers haben nicht nur in seinen schönen Augen sondern auch auf seinen braunen Muskeln getanzt. Er trägt ein riesiges Kreuz in seine Haut über den Schulterblättern eintätowiert.

Im totalen Kontrast zu seinem Aussehen steht sein ansteckendes Lachen und die überfürsorgliche Art, die er an sich hat. Er hat Belinda eine dünne Decke umgelegt, Adrian und er haben viele kleine Leckereien mitgebracht und am Lagerfeuer Würstchen und Marshmallows geröstet. Es hat Spaß gemacht, sie haben sich über unwichtige Dinge unterhalten, Adrian kann wunderbar die typischen Macken der Amerikaner und der Puertoricaner nachspielen, und Belinda hatte richtige Bauchschmerzen vor Lachen, als sie mitten in der Nacht erst vom Strand hochgekommen sind.

Doch so schön der Abend war, so wohl sie sich auch gefühlt hat, sie hat genau gespürt, wie Suerte sie immer ein wenig zu lange angesehen hat, ein wenig zu nah gerutscht ist oder ihre Hand ein klein wenig zu lange gehalten hat. Sie hat es gespürt, auch wenn sie so getan hat, als merke sie es nicht, und das wird auch der Grund für diesen merkwürdigen Traum gewesen sein.

Sie bindet sich die Haare zu einem unordentlichen Knoten und steigt aus dem Bett. Auf dem Weg ins Bad sieht sie eine Nachricht von Camilla, sie möchte, dass sie beide ab morgen wieder im Casita alles in Ordnung bringen und Pablo helfen, wo es nur geht. Sie war ihn besuchen und er ist sehr verzweifelt. Es ist sein Leben, seine Existenz, an der alles hängt. Belinda antwortet, dass sie natürlich dabei ist und ihn auch gleich besuchen fährt. Sie erwähnt nicht, dass sie danach auch bei Vidal vorbei möchte, sie weiß ja nicht einmal, was zwischen Camilla und Dante zur Zeit ist und sie freut sich schon, ihre Freundin morgen wiederzusehen und sich alles genau berichten zu lassen.

Allein der Gedanke, Vidal wiederzusehen, lässt Belindas Herz rasen, sie springt unter die Dusche und überlegt, wie sie ihm am besten beibringt, dass sie herausbekommen hat, dass er offenbar nicht so gut auf ihre Familie zu sprechen ist. Sie hofft, dass wenigstens er ihr etwas dazu sagen kann und sie vielleicht eine Lösung dafür finden. 'Es gibt immer eine Lösung', das war ein Standardspruch ihrer Mutter und Belinda glaubt daran.

Nach der Dusche kramt sie in Alenas Sachen. Alena ist heute schon früh losgefahren, um einige Besorgungen zu machen, für die Schule in einer größeren Stadt, sie weiß, dass Belinda heute auch unterwegs sein wird. Es ist schwer etwas zu finden, sie braucht unbedingt ihre eigenen Klamotten wieder, letztlich entscheidet sie sich für eine kurze Jeansshorts, ein weißes Tanktop, das aber unter der Brust weiter wird, sodass es einen süßen romantischen Touch bekommt und die neuen Sandalen, die sie sich gekauft hat.

Der Tag am Meer gestern hat Belindas Haut noch weiter dunkeln lassen und in ihren Augen werden die grünen Sprenkelungen, die in Portland kaum sichtbar waren, immer deutlicher. Es ist heiß hier in Puerto Rico und Belinda schminkt sich kaum, sie betont ihre Augen und benutzt etwas Lipgloss, das war es auch schon. Ihre nassen Haare flechtet sie sich seitlich zu einem festen Zopf, steckt ihr Handy und das Portemonnaie in ihre Tasche und geht nach unten, wo sie die Haushälterin und leckeres Frühstück vorfindet.

Belinda bedankt sich tausend Mal, für sie ist es einfach zu ungewohnt, doch sie beeilt sich auch und macht sich nur zehn Minuten später auf den Weg zu den Garagen, wo sie lange unschlüssig vor den vielen Autos stehen bleibt. Alena hat ihr gesagt, dass viele der Autoschlüssel in einem Schrank am Ende der Garage hängen.

Belinda geht zum Schrank und entscheidet sich dann für einen silbernen BMW, der zwar auch teuer, aber nicht so riesig und protzig wie alle anderen wirkt. Als sie ans Tor fährt, sehen die Wachen in ihr Auto. »Wissen dein Vater und deine Brüder, dass du weg-fährst ... alleine?« Belinda sieht die beiden Männer genau an. Soll sie denen vielleicht ihren Ausweis zeigen und wie alt sie ist? Sie ist niemandem Rechenschaft schuldig, wohin sie möchte, doch sie weiß auch, dass sie nur ihren Job machen und nickt. »Ja, mein Vater weiß, dass ich einen Freund im Krankenhaus besuche.« Zwar scheinen die Wachen immer noch unsicher, doch sie lassen sie durchfahren. Belinda schüttelt den Kopf, ihrer Mutter hat sie schon mit sechzehn nicht mehr jeden ihrer Schritte mitteilen müs-sen, sie hat nicht vor, diese Freiheit wieder aufzugeben.

Es ist im ersten Moment ein wenig schwer, sich auf den Straßen Puerto Ricos mit so einem schnellen Wagen zurechtzufinden, doch sobald sie auf der Autobahn ist, geht es. Da San Juan die Haupt-stadt ist und immer ausgeschildert, findet sie den Weg gut und schafft es genau wie Alejandro in etwas mehr als einer halben Stunde, in San Juan einzufahren. Noch immer hängen überall die Plakate mit ihren Fotos darauf. Sie startet das Navi und gibt die Adresse des Krankenhauses ein.

Keine zwanzig Minuten später klopft sie an Pablos Zimmer. Sie hat immer wieder daran denken müssen, wie schlimm zugerichtet sie Pablo vor einigen Tagen im Casita vorgefunden haben, als sie ihn jetzt in seinem Bett erblickt, hatte sie gehofft, ihn wieder in einer besseren Verfassung vorzufinden, doch die roten Stellen, die er da hatte, sind nun geschwollen, sein Auge ist dunkelblau umran-det und es wirkt fast so, als wäre mehr blau an seinem Körper, als seine normale Hautfarbe.

»Na, wenn das nicht meine kleine Miss Portland ist.« Belinda lacht und küsst vorsichtig Pablos Wange, trotzdem kneift er kurz schmerzvoll die Augen zu. Belinda hat in der Krankenhaus-Cafete-ria etwas Schokolade und Kekse gekauft und setzt sich neben sein Bett, nachdem sie ihm die Leckereien auf den Tisch gelegt hat. Ein Freund von Pablo ist noch im Zimmer und Belinda erfährt, dass er in einigen Tagen ein zweites Mal operiert werden muss, da ein Bruch, der durch die Schläge entstanden ist, sehr schlecht heilt und sie alles mit Schrauben fixieren müssen, dabei entdeckt Belinda auch, dass Pablo ein Schneidezahn fehlt.

Belinda versteht nicht, wie ein Mensch einem anderen so etwas antun kann. »Was sagt die Polizei zu all dem? Hat sie schon herausgefunden, wer dahinter steckt?« Pablo und sein Freund lachen laut los. »Das meine ich, ist sie nicht niedlich? Belinda, das ist eine Sache der Familias, da hält sich die Polizei komplett raus. Ich bin Dante sehr dankbar, er war schon zweimal hier, und die Los Puentes übernehmen alle Rechnungen und was an Kosten für die Renovierung ansteht.«

Belinda lächelt matt, sie wird nicht verstehen, wie dieses Land hier funktioniert, doch sie hat bereits verstanden, dass sie ein Teil davon geworden ist. Sie besprechen, was Camilla und sie so alles erledigen sollen, wenn sie sich wieder um das Café kümmern. Heute waren die Handwerker da und haben bereits Bescheid gesagt, dass sie länger brauchen werden und das Café erst ab Montag wieder eröffnet oder zumindest das Gröbste in Ordnung gebracht werden kann.

Belinda verspricht, dass er sich keine Sorgen machen muss, sie werden sich dann ab Montag darum kümmern. Es ist noch nicht einmal abzusehen, wann Pablo wieder einsetzbar ist und genau wie Camilla es beschrieben hat, spürt Belinda, wie ängstlich er ist. In Puerto Rico gibt es keinerlei soziale Absicherungen, würde Dante die Krankenhausrechnungen nicht bezahlen, hätte Pablo jetzt hohe Schulden und niemanden würde es interessieren. Wenn das Casita zu lange geschlossen ist, bedeutet das den Ruin für Pablo, aber das werden sie nicht zulassen.

Sobald Belinda das Krankenhaus verlässt, schreibt sie Camilla, dass sich die Arbeiten etwas länger hinziehen und sie erst ab Montag in den Laden können, sie sich aber trotzdem vorher treffen sollten und planen, was alles zu tun ist. Doch erst einmal muss sich Belinda jetzt um etwas kümmern, was ihr am Herzen liegt. Ihr Herz klopft wie wild in ihrer Brust, als sie in Richtung Fajardo aufbricht.

Von San Juan nach Fajardo dauert es auch nochmal fast eine Stunde, doch Belinda weiß natürlich, dass das Gebiet von Vidal schon früher anfängt, genau wie auch das ihrer Familie. Sie ist aufgeregt, das spürt sie besonders, als sie eine halbe Stunde später kurz an einer Raststätte hält, um auf die Toilette zu gehen. Sie öffnet ihren Zopf und streicht ihre nun entstandenen Locken zurecht. Auch ihre Haare sind durch die Sonne heller geworden, Belinda trägt noch einmal etwas Lipgloss auf und spritzt ein wenig ihres Lieblingsparfüms an ihren Hals, dann sieht sie sich im Spiegel an.

Sie ist wirklich gespannt, wie das Wiedersehen mit Vidal wird und hofft, dass es so schön wird wie der Abschied, den sie zwar sehr kurz, aber dafür doch sehr intensiv im Auto hatten. Sie sieht auf ihr Handy, doch Camilla hat die Nachricht noch nicht gelesen, dafür hat sie eine Nachricht von ihrem Vater, dass er Bescheid bekommen habe, dass sie unterwegs ist und ob alles in Ordnung ist. Sie hatte die Nachricht vollkommen übersehen und schreibt, dass alles gut ist, dass sie noch einiges erledigen wird und dann zurückfährt.

Mit einem Lächeln steigt Belinda dann zurück in den BMW. Wer hätte gedacht, dass sie sich eines Tages mal so banale Sachen mit ihrem Vater schreiben wird, was ihre Mutter dazu sagen würde, wenn sie das noch erlebt hätte? Belinda spürt, dass diese Welt komplett anders ist als all das, was sie kennt, und auch wenn sie sicherlich nicht einmal die Hälfte von all dem weiß, was sie wissen müsste, kann sie ihre Mutter verstehen, die wollte, dass Belinda woanders aufwächst, sie weiß nicht, ob sie auch so gehandelt hätte, doch sie kann es verstehen, aber trotzdem ist sie der Meinung, dass ihre Mutter sie, als sie älter wurde, über alles hätte aufklären sollen und ihr wenigstens die Wahl hätte geben können, ob sie mit dieser Welt etwas zu tun haben möchte oder nicht.

Es hupt neben Belinda und sie sieht auf den schwarzen Geländewagen, der extrem nah neben ihr fährt. Sie hat das Auto auch auf der Raststätte gesehen, doch sie war so in Gedanken, dass sie gar nicht gemerkt hat, dass es jetzt so nah neben ihr fährt. Mit einem

Mal kommt es auf ihre Fahrbahn und Belinda muss ein Stück zur Seite fahren, die Scheiben sind getönt, sie kann nicht sehen, wer im Auto sitzt, doch sie wird immer weiter von dem Auto abgedrängt, knapp vor ihr kommt eine Abzweigung in den Wald und Belinda hat das Gefühl, das Auto will sie dahin drängen.

Wieder fährt er näher und Belinda kann nur mit größter Mühe einem Schild entkommen, auf dem steht, dass es noch zwanzig Minuten bis nach Fajardo sind. Belinda bekommt Panik und lässt ihr Fenster herunterfahren, sie fährt schon kaum noch auf der Straße. »Heyyy, was soll das?« Sie muss aufpassen, dass ihr das Auto nicht entgleitet, da geht auch das Fenster des anderen Autos herunter und ein Mann, den sie noch nie im Leben gesehen hat, hält eine Waffe auf sie und deutet auf die Abzweigung in den Wald.

»Lass deine Hände auf dem Lenkrad und fahre da ab und uns hinterher, wenn wir sehen, dass du einen Anruf tätigst oder sonst etwas vorhast, hast du gleich eine Kugel im Kopf, du Sombras Schlampe!« Belinda sieht in die Mündung der Waffe, alles was ihr gelingt, ist es zu nicken, ihre Hände zittern am Lenkrad, aber da sie das Auto nun überholt, kann sie wieder auf der festen Straße fahren. Erst jetzt sieht sie, dass hinter ihr noch ein schwarzer Geländewagen fährt, sie kann die Fahrer sehen, der Beifahrer telefoniert und der Fahrer kommt ihr sehr bekannt vor, sie hat ihn schon mal gesehen, auf der Feier zu Dantes Geburtstag.

Belinda treten Tränen in die Augen, sie hat Panik, als sie dem ersten Geländewagen auf dem kleinen steinigen Weg mitten in den Wald folgt. Was ist hier los? Belindas Handy klingelt, doch sie traut sich kaum zu atmen, da hält das Auto vor ihr abrupt neben einer kleinen Holzhütte. Belinda erschreckt sich so sehr, dass sie fast auf ihn aufgefahren wäre.

Aus dem Auto vor ihr steigen drei Männer, hinter ihr aus dem Auto zwei, alle fünf haben ihre Waffen gezückt und in dem Moment, wo sie ihre Autotür aufreißen, weiß Belinda, dass das kein gutes Ende nehmen wird, sie kann kaum atmen und spürt, wie ihr die Luft fehlt, doch sie muss etwas sagen, irgendetwas tun. Ein Mann greift nach ihr und zieht sie aus dem Auto, so heftig, dass Belinda stolpert und auf den Waldboden fällt. »Steh auf, Sombras-Schlampe, was hast du hier zu suchen?«

Belinda steht schnell auf, doch offenbar nicht schnell genug, einer der Männer greift in ihre Haare und zieht sie daran hoch. Belinda schreit auf. »Das muss ein Missverständnis sein, ich wollte zu Vidal … ich kenne ihn und Dante, Benito, Aaron … ihr müsst mir …« Ein Mann tritt die Tür zum Holzhaus ein, während der Mann, der sie noch immer an den Haaren hochzieht, mit seiner Hand an ihrem Körper entlangfährt. Als er über ihre Brust fährt, keucht Belinda angeekelt auf, er tut so, als würde er sie durchsuchen, doch sein fieses Grinsen verrät, dass er das nicht tut.

»Wir haben jetzt etwas Spaß und dann schicken wir dich dahin, wo alle Sombras …« Mehrere Handys klingeln, doch Belinda behält den Mann, der sie an sich hält, genau im Auge. Er sagt aber nichts, jedoch verändert sich sein Gesichtsausdruck von belustigt in verärgert. Ohne ein weiteres Wort zu sagen legt er auf und bringt Belinda zu der Holzhütte. Er stößt sie hinein. »Warte hier!« Die Tür wird zugeschlagen und Belinda befindet sich allein in der Hütte.

Es dauert, bis Belinda es schafft, sich wieder aufzustellen, ihre Knie zittern und ihr tut alles weh. Was ist hier los? Wieso sind die Männer so brutal zu ihr. Durch das Tageslicht erkennt Belinda ein Bett, einen Tisch und zwei Kommoden in der Hütte. Es geht eine kleine Tür ab, wohinter ein kleines Bad ist. Belinda sieht in den Spiegel und fährt sich durch die Haare. Noch nie hat jemand sie so brutal angefasst. Sie hört, wie die Männer draußen lauter diskutieren, sie versteht nicht worum es geht, aber zuckt zusammen. Ihr Knie blutet. Belinda säubert es und setzt sich dann aufs Bett und versucht sich zu sammeln.

Sie haben ihre Tasche behalten, also kann sie niemanden anrufen, wenn die Männer ihr nur zuhören würden und verstehen, dass sie nichts Böses will, dass sie auf der Suche nach Vidal ist, doch sie hören ihr nicht einmal zu. Belinda sieht zu einem Fenster, es ist groß genug, dass sie durchpassen würde, doch was ist, wenn jemand sie bemerkt, würde man auf sie schießen? Sie hat doch gar nichts getan, aber sie würde diesen Männern alles zutrauen. Belinda kommen die Tränen hoch, wahrscheinlich war es das, was ihre Mutter wusste, wovor sie sie schützen wollte. Belinda hört, dass es lauter wird und das Quietschen von Reifen. Ihr Atem geht schneller und sie kann die Tränen nicht aufhalten, sie war nie mutig, sie musste nie stark sein, am liebsten würde sie sich unter dem Bett verstecken. Ihr Blick fällt noch einmal zu dem Fenster, da wird die Tür geöffnet und Vidal steht im Türrahmen.

Belinda beginnt zu weinen und steht auf. Die Erleichterung ist zu groß, er ist gekommen, um sie zu retten. Sie springt vom Bett auf und will zu ihm. Neben ihm treten noch weitere Männer ein, doch Vidal starrt sie an und hebt die Hand. »Verschwindet! Alle! Ich kümmere mich alleine darum.« Belinda stockt sofort und hält in der Bewegung ein, als sie seinem Blick begegnet. Er ist nicht gekommen, um sie zu retten. Die Männer verlassen die Hütte und Vidal knallt die Tür zu.

Kapitel 8

»Was zur Hölle tust du hier, Belinda? Bist du wahnsinnig?« Belinda ist nur einige Meter von ihm entfernt stehengeblieben, sie hört seine Worte, doch versteht sie nicht. »Was ich hier suche? Dich! Wir wollten uns doch wiedersehen, wenn du zurück bist. Du hast mich doch gebeten, auf dich zu warten. Zugegeben, es ist einiges passiert in der Zwischenzeit, aber ich habe nicht damit gerechnet, dass ich jetzt hier fast von der Straße abgedrängt, an den Haaren umhergeschleift und in ein Haus gesperrt werde. Es ist doch erst ein paar Tage her, dass du im Casitas warst und ich bei dir im Auto … Weißt du, was seitdem alles passiert ist? Weißt du das von Pablo? Dass auch ich gesucht werde?«

Alles bricht aus Belinda heraus und noch immer laufen Tränen über ihre Wangen, doch auch wenn Vidal vor Wut bebt und sie vernichtend ansieht, auch wenn sie hier gerade gefangen in irgendeinem Wald ist, kann sie vor Vidal keine Angst haben. Belinda sieht ihm an, dass sie das wahrscheinlich müsste, doch es geht nicht. Er wirkt gefährlicher als alle Männer zusammen, wenn er sich jetzt so vor ihr aufbaut und sie niederstarrt, aber auch wenn Belinda alles andere als mutig ist, kann sie vor ihm keine Angst haben, und sie ist mit jedem Wort lauter und vorwurfsvoller geworden.

Vidal schweigt einen Augenblick und Belinda wischt sich fast schon trotzig die Tränen weg. Trotz all dem Chaos bemerkt sie, dass er etwas dunklere Ränder unter den Augen hat, trotzdem sieht er so unwiderstehlich wie immer aus. Seine Haare glänzen noch leicht feucht, als wäre er gerade schwimmen oder duschen gewesen, was auch seine einfache schwarze Sportshorts und sein weißes Muskelshirt erklären würden. Sie hat so oft an diese schönen Augen gedacht, aber sie hat niemals damit gerechnet, dass diese sie so kalt anblicken könnten.

»Du bist eine Sombras!«

Belinda hält in der Bewegung ein und sieht Vidal ungläubig an, ihre Hände gehen automatisch an ihre Hüften, am liebsten würde sie irgendetwas nach ihm werfen, doch sie hat gerade nichts in der Hand. »Und das ist deine Antwort auf alles? Ich bin eine Sombras? Bis vor einer Woche wusste ich überhaupt nichts von meiner Familie, das weißt du genau, und nur weil ich jetzt Sombras heiße … was ich nicht mal tue, ist das die Rechtfertigung für alles? Also, mein Vater und meine Brüder reagieren ja schon merkwürdig auf die Los Puentes, aber das hier toppt das alles noch bei Weitem.«

Vidal öffnet schon genervt den Mund, dann folgt Belinda seinem Blick zu ihrem Knie, das wieder zu bluten beginnt, er zischt einen leisen Fluch und geht ins Bad. »Haben die dir nicht erklärt, wer wir sind, was zwischen unseren Familien ist? Natürlich ändert diese Tatsache alles …« Er kommt mit einem feuchten Handtuch wieder und deutet Belinda, sich auf die Kommode zu setzen.

Ohne groß weiter darüber nachzudenken, tut sie das auch, und wie schon damals im Casita beginnt Vidal, behutsam ihre Wunde zu säubern und presst danach den trockenen Teil des Tuches auf ihre Wunde. »Du bist somit meine Feindin, wir sollten nicht einmal ein Wort wechseln und hätte dich einer der Männer nicht erkannt und sicherheitshalber noch einmal angerufen, würdest du jetzt schon nicht mehr atmen. Du darfst nicht hier sein.«

Belinda kann nicht verhindern, dass sie bei seinen schroffen Worten zusammenzuckt. »Ich bin nicht deine Feindin, du hast mir nie etwas getan, wieso sollte ich so etwas denken und wie kannst du so etwas sagen, ich habe dir doch auch nie etwas getan? Wieso verhalten sich deine Männer so, sie haben mir wehgetan.« Vidal hebt seinen Blick wieder, umfasst mit seiner Hand aber noch immer ihr Knie und presst das Tuch darauf.

Auch er scheint überrascht, wie nah sie sich in diesem Moment sind. Belinda wendet den Blick nicht ab, sie sieht ihm weiter in die Augen und spürt, wie sein Blick weicher wird. »Es tut mir leid, dass sie dir wehgetan haben, aber es ist ihre Aufgabe, so mit euch

96

umzugehen. Du bist die Tochter von Ramiro und zählst somit zu meinen größten Feinden, haben sie dich nicht aufgeklärt?«

Auch wenn sein Blick weicher wird, sind seine Worte noch immer hart an sie gerichtet. »Da ich eure Namen nicht einmal erwähnen darf im Haus, ist es schwer, mehr darüber zu erfahren, aber das brauche ich auch gar nicht, das ist alles so ein kindischer Scheiß. Ich komme mir gerade vor wie in einem Kindergarten, wo man sich für eine Gruppe entscheiden muss und die spielen … Cowboy und Indianer. Ich kann nicht glauben, dass sich erwachsene Menschen so aufführen können, geht euch von mir aus aus dem Weg, aber was soll das mit einer Feindschaft? Sieh doch, du kümmerst dich um mich, genau wie damals nach der Sache auf dem Boot, die Tatsache, wer mein Vater ist, ändert doch nichts daran, wer ich bin!«

Vidal nimmt das Tuch ab und kann sich ein leichtes Schmunzeln nicht verkneifen. »Mach es nicht noch komplizierter, Belinda, du dürftest nicht hier sein, diese kleine Tatsache, wie du das runterspielst, sorgt dafür, dass wir uns beide nie wieder sehen dürfen. Das hier gerade wird nie wieder passieren!« Die Worte sagt er kalt, auch wenn Belinda spürt, dass ihm das nicht so leicht fällt, und dennoch treffen sie sie hart.

Sie nickt, sieht ihm noch einmal in die Augen, auf sein LP-Tattoo am Hals und stützt sich von der Kommode. Vidal weicht nicht zur Seite und einen Moment berühren sie sich. Alles in Belinda zieht sich zusammen, als sie seine Nähe spürt und seinen Geruch so intensiv wahrnimmt, doch sie geht weiter und schubst ihn somit sogar ein wenig zur Seite. Wenn man bedenkt, wie sie noch vor einer halben Stunde hier in die Hütte geworfen wurde, dürfte sie gar nicht so mutig sein, aber sie ist wütend, weil sie das wirklich verletzt.

Deswegen wirbelt sie auch noch einmal um und trifft sofort auf Vidals Blick, der ihr gefolgt ist. »Weißt du, was wirklich verletzend ist? Für mich ist all das verdammt schwer, ich bin hergekommen, um etwas über meine Familie zu erfahren, und ich habe dich getroffen. Weißt du noch, dass du derjenige warst, der mir geraten hat, mich doch weiter mit meinem Vater zu treffen, mehr zu erfahren? Und jetzt, wo ich das getan habe, ist es genau das, was alles unmöglich macht. Hätte ich meinen Vater doch nicht nochmal gesehen, wäre das mit Pablo nicht passiert, wäre ich jetzt mit dir auf deinem Boot und du hättest dich gefreut mich wiederzusehen. Und nur, weil du jetzt weißt, wer mein Vater ist, tust du es nicht mehr ... Das ist doch krank!

Ich habe mich wirklich gefreut, dich wiederzusehen, Vidal und habe oft an dich gedacht, nur deswegen bin ich hergekommen. Ich wusste nicht, dass ich jetzt nicht mehr ... gut genug bin und fast getötet werde, nur weil ich irgendwelche imaginären Grenzen überschritten habe, vielleicht solltet ihr mal ein bescheuertes Grenzschild aufbauen. Keine Angst, ich komme nicht mehr her, ob mein Name Sombras, Garcias oder Harward ist, ich habe es nicht nötig, jemanden zu überreden mich zu mögen, wie ich bin und wer auch immer ich bin!«

Sie dreht sich um und verlässt die Hütte, das grelle Licht von draußen blendet sie einen Augenblick, doch sie erkennt sofort, dass nur noch ein schwarzer Mercedes und ihr Auto dastehen und alle anderen Männer fort sind. Belinda will die kleine Holzveranda hinunter, da hört sie ihn und auch wenn sie wütend ist und nichts mehr zu sagen hat, kann sie nicht anders als einzuhalten.

»Belinda, warte!«

Sie bleibt auf der Treppe stehen, als Vidal ebenfalls aus der Tür tritt. »Es ist eigentlich nicht meine Aufgabe, aber ich werde dir erklären, wie tief und wie fest dieser Hass zwischen unseren Familien verwurzelt ist.« Er setzt sich auf die Holzbank vor dem Haus und sieht zum Wald. Belinda bleibt noch immer auf der Treppe stehen. »Vielleicht ist es mir auch einfach egal, weil, was auch immer zwischen ihnen ist, ich empfinde doch nicht so. Ich hasse niemanden, weder Dante, Benito und schon gar nicht dich ... Vor Aaron habe ich vielleicht ein wenig Respekt, aber ich hasse ihn oder dich nicht, egal, was du mir erzählst, es wird daran nichts ändern.«

Vidal lehnt sich zurück, er wirkt sehr müde auf einmal, doch er sieht Belinda wieder an. »Denkst du, ich hasse dich, Belinda? Wäre ich dann jetzt hier? Ich muss dir erklären, was damals passiert ist, nur so begreifst du alles und dann wirst du selbst wissen, dass du nie wieder herkommen darfst.«

Belinda gibt auf, sie setzt sich neben Vidal und streift ihre Schuhe von den Füßen, irgendetwas sagt ihr, dass diese Geschichte nicht kurz sein wird. Vidal beobachtet jeden Schritt von ihr, plötzlich fasst er an ihren Knöchel und streicht über das braune Muttermal, was sie dort schon von Geburt an hat. Wie immer ist er sehr zärtlich zu ihr, auch wenn sein Blick düster wird.

»Genau wie dieses Muttermal ist uns einiges schon von Geburt an auferlegt und wir müssen damit leben. Auch du bist ein Teil dieser Geschichte, die ich dir jetzt erzähle, auch wenn du erst neu dazu gekommen bist.«

Belinda sagt nichts mehr dazu, nun ist sie es, die jede Bewegung von Vidal verfolgt. Er streicht noch einmal vorsichtig mit seinem Daumen über die Stelle, dann räuspert er sich und sieht sie an.

»Ich weiß gar nicht genau, wann all das angefangen hat, es heißt sogar, dass dein Vater und mein Vater mal Freunde waren. Soviel ich weiß, waren sie ganz normale Geschäftsmänner. Damals waren die Politiker genauso korrupt wie heute, wenn nicht noch schlimmer. Unsere Urgroßväter haben damals ihre Geschäfte begonnen, sie wollten ihren Familien bessere Leben bieten und haben angefangen, Geschäfte zu machen, an die sich nur sehr wenige herangewagt haben.

Ganz am Anfang ging es noch viel um Drogen, die vor allem nach Amerika und Europa geschmuggelt wurden. Diese Geschäfte liefen sehr gut, es gab nicht viele, die sich da rangetraut haben. Es war schnell klar, dass es vor allem eine der größten Familien Puerto Ricos damit weit bringen würde. Es gab schon damals sie und uns, die Sombras und die Los Puentes.

Damals gab es aber noch keine Probleme, alle haben sich respektiert, es war genug von allem da, und nach und nach haben auch andere Familien mit den Geschäften begonnen, doch über allem standen immer die zwei Familien. Die Geschäfte haben schon bald dein Großvater und auch meiner übernommen. Wir waren wie gesagt große Familien, mein Großvater hatte insgesamt vier Söhne und zwei Töchter, dein Großvater hatte, glaube ich, vier Söhne und eine Tochter. In der Zeit liefen die Geschäfte für beide Familien noch ganz gut, es kamen wie gesagt immer mehr Familien, die mitmischen wollten, da gab es hin und wieder Streit, doch es war alles noch unter Kontrolle.

Damals fingen unsere Großväter schnell an, ihre Söhne an den Geschäften teilhaben zu lassen, denn die Polizei war noch nicht so gut unter Kontrolle zu bringen und eines ihrer Hauptprobleme. Deswegen haben vor allem dein Vater Ramiro und mein Vater Gonzales schon früh mitgearbeitet und kannten sich daher auch ziemlich gut. Mein Vater redet nicht gerne über die Zeiten, in denen sich unsere Familien noch verstanden haben, doch manchmal hat er einiges erwähnt.

Sie waren wohl öfters zusammen feiern, wenn eine Familie große Geschäfte abgeschlossen hat, und hin und wieder haben sie sogar Geschäfte zusammen durchgezogen. Meine Familie hat von deiner gelernt, deine von meiner, beide Familien haben sich vom Drogenhandel abgewendet, als es immer wieder zu Unfällen kam. Ihre eigenen Leute haben Drogen genommen, irgendwann hat sich Ramiros Schwester, die einzige Tochter deines Großvaters, von einem Dach gestürzt und ist gestorben, weil sie so high war.«

Belinda räuspert sich, schweigt aber, sie ist Vidal doch wirklich dankbar, dass er ihr all das erzählt und somit erklärt. Er hat recht, er müsste es nicht tun. »Es war aber kein Problem, der Waffenhandel lief mittlerweile eh besser als das mit den Drogen, das brachte nur Probleme ein, mein Großvater und auch deiner saßen immer mal wieder im Gefängnis, soviel ich weiß unsere Väter auch. Es wird bis heute noch darüber spekuliert, was all das verändert hat. Meine persönliche Meinung ist, der Wechsel von den reinen Familiengeschäften zu den Familia-Geschäften war schuld, auch wenn es nicht zu vermeiden war.

Die Geschäfte wurden immer größer und beanspruchten immer mehr Leute, unsere Familien wurden immer reicher und das in einer Zeit, wo die Wirtschaft in Puerto Rico am Boden war. Es gab viele kleine Familien, doch keine hatte die Macht und das Geld wie die großen. Nach und nach haben die Familien andere mit in die Geschäfte eingebunden, in die Familie geholt, nur Leute, denen die sehr vertraut haben, die für die Familie gestorben wären, doch ich denke, das war der Zeitpunkt der Veränderung.

Plötzlich war die Frage, zu welcher Familie hält man, welche ist mächtiger, hat mehr Land? Ein paar kleine Familien schlossen sich zusammen und stellten ähnlich große Familien dar, ab da begann das Chaos. Die Familias begannen sich zu bekriegen, am Anfang ein wenig, doch mit den Jahren wurde es immer schlimmer. Zu der Zeit, wo ich und auch dein Bruder Alejandro geboren wurden, begann langsam die Zeit der Kämpfe, es begann das Misstrauen, das Kämpfen um jeden Millimeter Boden und jedes Geschäft.« Belinda nickt. »Mein Vater hat davon erzählt, deswegen hat meine Mutter mich nicht hier zur Welt gebracht und Puerto Rico und meinen Vater verlassen.«

Vidal sieht wieder in den Wald. »Wahrscheinlich war es das Beste! Weißt du, Belinda, ich weiß, dass du diese Welt nicht kennst, doch du musst wissen, dass Menschen in bestimmten Situationen die schlimmsten Verbrechen begehen. Die schlimmste Zeit fing an, als zwei Frauen aus meiner Familie verschwunden sind. Eine war die älteste Schwester meines Vaters und eine Cousine. Man hat sie eine Woche später gefunden, sie waren gefangen gehalten und gequält worden, bevor sie umgebracht wurden. Man wollte meiner Familie einen heftigen Schlag verpassen und hat somit einen Krieg entfacht, der bis heute anhält.«

Kapitel 9

»Es war nie klar, wer die beiden entführt hat, doch hinter hervorgehaltener Hand wurde gesagt, es war einer der Cousins deines Vaters, auch sein Bruder soll etwas damit zu tun gehabt haben. Der Cousin war schon lange in die Schwester meines Vaters verliebt gewesen und wollte sich gleichzeitig an meiner Familie für einen geplatzten Deal rächen. Der Bruder deines Vaters hatte da schon zwei Kinder, Roman und Alena, doch auch er soll seine Finger mit im Spiel gehabt haben. Beide wurden einige Wochen später in einem Auto erschossen. Die Frau, die damals bei ihnen war, wurde entführt und erst eine Woche später wieder freigelassen, das war die Mutter von Roman und Alena.«

Belinda kann nicht verhindern, dass ihr Tränen in die Augen steigen, sie sieht Vidal schockiert an. »Was haben sie mit ihr gemacht? Keiner wusste doch genaues, all das ist nur auf Vermutungen passiert?« Vidal zuckt die Schultern. »Es war Rache, Besitzanspruch, plötzlich kam alles zusammen. Zu der Zeit sind aus allen Familien Frauen entführt wurden, einige sind getötet worden, einige sind irgendwann zurück zur Familie geschickt worden.

Viele Frauen sind dadurch wahnsinnig geworden, wie die Frau von Rehan, deinem Onkel. Sie wurde entführt und hat sich danach das Leben genommen, woraufhin Rehan den Tod von vielen Mitgliedern meiner Familie veranlasst haben soll, ohne genau zu wissen, wer dafür verantwortlich war. Dantes Mutter hat damals auch über all das Leid ihren Verstand verloren und lebt bis heute in einer Klinik. Dantes Vater und auch Cucas Vater wurden umgebracht. Dein Vater hat auch zwei Brüder verloren und auch seine Schwester, das Auto der Eltern von deinem Cousin Adrian wurde angezündet, die Eltern sind verbrannt, Adrian hat überlebt, trägt die Narben aber für alle sichtbar im Gesicht.«

Belinda kann kaum zuhören, sie weint. Auch wenn Vidal all das kalt erzählt, spürt man doch, dass diese Zeit ihnen allen, wenngleich man sie noch nicht bewusst wahrgenommen hat, noch tief unter der Haut sitzt.

»Alle haben damals viel verloren, und in dieser Zeit ist der Hass geboren, der bis heute anhält. Irgendwann wurden die Cuidads errichtet, um die restlichen Frauen zu schützen und die Familia mehr zusammenzuhalten. Trotz allem sind die Geschäfte und der Reichtum der Familias gestiegen und gestiegen, sie wurden so mächtig, dass nicht mal mehr die Politik und die Polizei ihnen etwas anhaben konnte. Der Hass aber zwischen den Familias wuchs und wuchs ebenso, es gab immer mehr Tote, andere Familias mischten sich ein, alles spitzte sich immer mehr zu über die Jahre.«

Belinda kann all das kaum glauben, sie versteht ihre Mutter nun wirklich. »Was passierte am 24.06.2005, das Datum, was du und auch Roman auf eurer Haut tragt?« Vidal lacht leise und fasst sich an die Stelle. »Man kann es nennen, wie man möchte, einen Neuanfang, eine Rache für alles, den Beginn einer neuen Ära. Dieses Datum hat die heutige Zeit eingeläutet und gleichzeitig war es ein riesiger Rachefeldzug. An dem Tag eskalierte eine eigentlich nicht so seltene Szene am Hafen.

Unsere Familias sind sich so gut es ging aus dem Weg gegangen, doch da haben sich ihre Wege gekreuzt wegen einer Lieferung, die an beide versprochen war. All die letzten Jahre kamen hoch, keiner hat die Situation mehr beherrscht, es war Krieg, es war der pure Krieg für zwei Tage. Noch heute sieht man die Spuren davon in den Straßen. Damals war Spido an der Macht, er hat es geschafft, ein Treffen zwischen deinem Vater und meinem Vater zu vereinbaren, die zu der Zeit die Anführer waren. Ich war damals vierzehn oder fünfzehn und habe kurz danach die Familia übernommen und war genau wie Alejandro und auch Santos dabei. Auch unsere Großväter sind mitgekommen.

Es war das erste Mal, dass wir alle an einem Tisch saßen, seitdem die Kämpfe Jahre zuvor angefangen hatten und bis heute auch das letzte Mal. Die Tage nach dem 24.06.2005 haben vielen das Gefühl geben können, sich endlich gerächt zu haben, doch auf beiden Familiaseiten gab es mehr als fünfzig Tote, der Hafen und viele Teile San Juans wurden zerstört, es war auch allen klar, dass eine Lösung gefunden werden musste, sonst könnte keiner mehr die Geschäfte weiterführen.

Spido war ein korrupter Arsch, aber er schaffte es, einen Vertrag aufzusetzen, an denen sich beide Familias zu halten hatten. Jeder hat sein Land bekommen, was absolut tabu für die andere Familia ist. Sollte sich jemand nicht an die Regel halten, kann er sofort getötet werden und niemand darf die Person rächen. San Juan und einige andere Städte in der Mitte sind für beide Familias zugänglich wegen der Geschäfte, die Familias haben sich verpflichtet, sich da aus dem Weg zu gehen und keinen erneuten Krieg zu beginnen. Sollte einem aus der Familia etwas passieren, müssen alle Familias, die damit nichts zu tun haben, auf die Trauerfeier kommen und ihren Respekt zollen, auch wenn dieser Punkt allen am schwersten fällt. Keine der Familias darf sich in die Geschäfte der anderen einmischen und alle haben sich aus dem Weg zu gehen. Das Land wurde quasi für uns aufgeteilt und das ist bis heute so.

Es gab so viele Tote, so viele Sachen, die passiert sind, du weißt noch nicht mal alles, aber ich denke es reicht, damit du kapierst, dass all das nie wieder gutzumachen sein wird. Dieser Hass sitzt in all unseren Herzen, es gibt einfach Sachen, die kann man nicht überwinden, Belinda. Ich denke, es ist gut, dass dieser Waffenstillstand hält, ich möchte ungern so viele Männer verlieren, wie wir es bereits haben und auch Alejandro hat kein Interesse daran. Wir alle leben gut, aber dass du jetzt hier bist, gefährdet diese Waffenruhe. Verstehst du jetzt, wie knapp dieses Aufeinandertreffen am Hafen war? Wie schnell das hätte kippen können und was das wieder für einen Krieg gebracht hätte? Ich hoffe, du verstehst das jetzt wirklich.«

Belinda denkt an Alejandro und wie wütend er am Hafen war, all das hätte wirklich eskalieren können. Allein wie ihr Vater ihr gesagt hat, dass sie diese Namen nie wieder in ihrem Haus erwähnen soll, hört sich nun ganz anders an, mit dem Wissen, was sie alle erlebt haben. Belinda streicht sich eine Träne weg und sieht zu Vidal. »Ich verstehe es, Vidal, aber ich mag Ramiros Tochter und Alejandros Schwester sein, doch mir tut es von Herzen für beide Familien leid. Mir ist es egal, ob meine Tante oder deine gestorben oder umgebracht wurden, für alle war das schrecklich.«

Vidal sieht ihr ins Gesicht und lächelt matt. »Ich habe einen so großen Hass auf deine Familie, dass ich mich frage, wie um alles in der Welt etwas so Schönes daraus hervorkommen kann.« Belinda weiß, dass dieser Satz nicht nur nett gemeint war, doch für einen Augenblick hat er gezeigt, dass auch ihn die Begegnung mit ihr nicht kalt gelassen hat.

Sie schweigen beide, Belinda weiß nichts mehr zu sagen, was sollte sie zu all dem Elend was passiert ist noch sagen? Sie spürt Vidals Hand, die sich kurz über ihre legt. »Komm, ich fahre hinter dir, damit du sicher aus dem Gebiet kommst.« Sie stehen beide auf, doch bevor Belinda in ihr Auto steigt, hält Vidal sie noch einen Augenblick am Arm fest. »Du darfst hier nie wieder herkommen, verstehst du jetzt, was die Männer alles mit dir angestellt hätten?« Belinda sieht zu Boden, ihr wird schlecht, als sie daran denkt, was den Frauen alles angetan wurde.

»Aber du hast recht, wäre nicht Ramiro dein Vater, dann wären wir jetzt sicherlich zusammen auf dem Boot, doch du solltest deine Familie jetzt auch genießen, du hast gefunden, was du dein Leben lang gesucht hast und ich bin mir absolut sicher, dass deine Brüder und dein Vater dich über alles lieben werden. Gib euch die Chance.«

Belinda schüttet kurz den Kopf und sieht Vidal in die Augen. »Bedeutet das, dass ich vor die Wahl gestellt werde? Sombras oder Puentes?« Vidal kneift die Augenbrauen zusammen. »Da gibt es keine Wahl zu treffen, die wurde mit deiner Geburt getroffen. Ich fahre dir hinterher.«

Vidal geht zu seinem Auto, doch bevor Belinda in ihres einsteigt, wendet sie sich noch einmal zu ihm. »Woher wussten deine Männer eigentlich, zu welcher Familie ich gehöre?« Das hat sie sich schon die ganze Zeit gefragt und Vidal nickt nur leicht zu den Nummernschildern, auf denen bei ihr CS und bei ihm LP steht. Belinda schüttelt ungläubig den Kopf.

»Ich verstehe jetzt diesen Hass und diesen Krieg, da hast du recht, doch ich bleibe dabei, für mich gilt das nicht. Ich kann die Feindschaft zwischen euch verstehen, aber das bedeutet nicht, dass ich sie auch leben muss, wenn du mich nicht mehr sehen möchtest, ist es so, doch schiebe es nicht auf ein paar Gene, die ich habe!«

Als sie sieht, dass Vidal dazu etwas sagen will, steigt sie einfach ein und fährt los. All das gerade Gehörte trifft sie, es ist für sie unvorstellbar und sie kennt die meisten Personen nicht einmal persönlich. Doch es trifft sie so sehr, dass, als Vidal plötzlich hinter ihr stehen bleibt und sie somit aus dem Los Puentes-Gebiet wieder in die neutrale Zone einfährt, sobald sie sein Auto nicht mehr erkennen kann, am Seitenrand stoppt und bitterlich zu weinen beginnt. Um die vielen Verstorbenen und das Leid, was ihnen angetan wurde und diesen Hass, der so spürbar ist und der dieses schöne Land zu vergiften droht und dass die Menschen, die sie so sehr mag und das schließt alle ein, ihr Vater, ihre Brüder, aber auch Vidal, Dante und alle anderen, so einen bitteren Schmerz mit sich herumtragen müssen.

Es dauert, bis sich Belinda wieder ein wenig beruhigt hat, wie genau sie mit all diesen Informationen umgehen soll, weiß sie noch nicht, aber sie gibt Gas und fährt zurück nach San Juan. Mit wem kann sie am besten darüber reden, mit Alena? Vielleicht mit Camilla? Obwohl, Belinda bezweifelt, dass sie das alles so genau weiß. Soll sie sie jetzt auch mit diesem Wissen belasten? Plötzlich bekommt alles eine andere Bedeutung. Als sie an einer Ampel hält, kurz bevor sie in die Nähe des Hafens kommt, sieht sie Einschusslöcher und muss daran denken, was hier noch vor einigen Jahren passiert ist, auch wenn sie nicht einmal weiß, ob diese Löcher von damals stammen.

Erst jetzt greift Belinda in ihre Tasche, um nach ihrem Handy zu sehen, sie hat zwei Anrufe verpasst, einen von April, einen von Camilla, dazu haben ihr Santos, ihr Vater und Alena geschrieben und gefragt, wo sie gerade ist. Belinda schüttelt leicht den Kopf, es ist merkwürdig, so plötzlich so viele Menschen um sich zu haben, die sich um einen kümmern. 'Ich hole noch einige meiner Klamotten, dann komme ich zurück'. Sie schickt die Nachricht an die drei, April und Camilla wird sie später anrufen.

Belinda hält vor dem Buenito, in dem sie untergekommen ist, seit sie nach Puerto Rico kam. Sie sieht in den Spiegel und richtet sich wieder so hin, damit man nicht sieht, dass sie geweint hat. Ihr Kopf schmerzt noch immer, ihr Knie brennt und doch hat Belinda schon wieder komplett verdrängt, wie die Männer mit ihr umgegangen sind, einfach weil, was sie danach erfahren hat, ihre kompletten Gedanken einnimmt. Was soll sie tun? Es ihrem Vater oder ihren Brüdern erzählen, jetzt, nachdem sie weiß, wie schlimm das enden kann?

Belinda steigt aus, ganz in Gedanken versunken geht sie an der Rezeption vorbei, doch die Inhaberin kommt schnell hervor und ruft sie zurück. »Hören Sie, wir wollen hier keinen Ärger, es war jetzt schon zweimal ein Mann da, der nach Ihnen gefragt hat, allerdings haben wir auch gehört, dass Sie die Tochter von Ramiro sind, deswegen sage ich Ihnen das, auch wenn uns Geld geboten wurde, sofort anzurufen, wenn Sie hierher zurückkommen, halte ich doch lieber zu Ramiro … wie gesagt, wir wollen hier einfach keinen Ärger.«

Belinda stockt, sie sieht, dass die Besitzerin wirklich Angst hat. »Was hat der Mann bei mir gemacht?« Sie zuckt die Schultern. »Er war eine Weile in Ihrem Zimmer, ich habe mich danach nicht mehr da raufgetraut. Es kann sein, dass er das Hotel beobachtet. Ich habe ihn jetzt öfters hier in der Gegend gesehen. Er war das letzte Mal vor zwei Tagen hier.«

Belinda zieht ihr Handy hervor, sie muss hier weg, so schnell wie möglich, Herrgott, wie konnte sie nur so dumm sein und herkommen? Sie sieht in ihrem Telefonbuch nach, ihr erster Impuls ist es, Camilla oder Alena anzurufen, doch so bringt sie sie auch in Gefahr. Sie weiß, an wen sie sich wenden soll, doch sie zögert trotzdem, bevor sie die Nummer von Santos wählt. Ihren Vater möchte sie nicht nerven, Alejandro scheint sie nicht zu mögen und Ponce ist jünger als sie und sie will auch ihn nirgendwo hineinziehen. Als Santos allerdings abhebt, hört sie einige Stimmen bei ihm. »Hey, alles klar? Bist du schon zuhause?«

Belinda bemerkt, wie die Inhaberin des Buenito sie genau beobachtet. »Ähmm, nein! Ich glaube, ich habe hier ein Problem.« Belinda hört, wie er den Lautsprecher einschaltet. »Wir sind auf dem Weg zurück, wo genau bist du und was ist passiert?« Belinda sieht sich genau um, als sie in kurzen Worten erklärt, dass sie hergekommen ist, um ihre Sachen zu holen und was die Inhaberin ihr gesagt hat. Sie hört Santos fluchen und plötzlich Alejandro. »Wir brauchen fünfzehn Minuten bis zu dir. Geh auf keinen Fall hoch, Belinda, versuche dich für fünfzehn Minuten zu verstecken, wir sind gleich da. Hast du eine Waffe?«

Belinda nimmt das Handy vom Ohr und sieht es an, dann hält sie es sich wieder ans Ohr. »Nein, ich werde versuchen … vielleicht sollte ich einfach hier unten bleiben und warten.« Nun ist auch ihr Vater zu hören. »Nein, trau den Leuten nicht. Frag nach einem Hinterausgang, weißt du jetzt, wo genau das Belinda ist?« Belinda nickt. »Ja, das weiß ich.« Kann der Tag noch schlimmer werden? »Erwähne es jetzt nicht und gehe raus da, warte am Belinda, wir sind so schnell da, wie wir können.«

Belinda legt auf, sie lächelt die Frau an. »Ich werde mal nachsehen, was oben los ist, aber erst gehe ich noch auf die Toilette, können sie nachsehen, ob sie noch etwas von mir bekommen?« Die Frau holt einen weißen Hefter heraus und Belinda geht auf die Toiletten, die hier am Empfang sind.

Aber statt sie zu benutzen, nimmt sie sich den Mülleimer, dreht ihn um und steigt drauf, nur so kommt sie an die Fenster, durch die sie gerade so passt, da auf der anderen Seite aber kein Mülleimer ist, muss sie ein kurzes Stück springen. Belinda wirft erst ihre Tasche hinunter und sieht hinterher. Es sind nur einige Meter und nach allem, was sie heute erlebt hat, zögert sie noch? Irgendwas von diesem komischen Sombras-Blut muss doch in ihr sein. Also springt sie und kneift die Augen zusammen, als sie abknickt und nicht ganz so galant unten landet, doch sie denkt nicht weiter drüber nach, schnappt sich ihre Tasche und rennt los.

Erst als sie vor dem Belinda stoppt, atmet sie tief ein. Sie setzt sich auf die kaputten Treppen vor dem Belinda und versucht sich wieder etwas zu beruhigen. Hier in der kleinen Straße ist niemand und gleich kommen ihr Vater und ihre Brüder. Wie merkwürdig es sich anfühlt, so zu denken, sie hat sich gerade heimlich mit dem Feind ihrer Familie getroffen und ist dabei selbst in Gefahr gewesen. Für jemanden, der vor einem halben Jahr das spannendste an ihrem Leben fand, ob sie am Freitagabend Pizza oder Pasta zu ihrem DVD-Abend essen möchte, ist das doch etwas schwer zu verdauen.

Ein leckerer Geruch steigt ihr in die Nase und Belindas Magen knurrt sofort. Sie hat ja seit dem Frühstück nichts mehr gegessen und es dämmert schon leicht. Sie sieht zu dem kleinen Imbiss schräg gegenüber, der fast leer ist und beschließt, sich etwas zu essen zu besorgen. Vorsichtig und schnell geht sie hinüber und blickt sich immer wieder um, während der Mann ihr einen leckeren Teigfladen mit Hackfleisch und Salat füllt. Belinda nimmt sich noch eine Limonade und geht dann schnell zurück vor das Belinda, wo sie mit ein paar Bissen alles heruntergeschlungen hat.

Als sie sich setzt, merkt sie, dass ihre Wunde am Knie wieder aufgegangen ist, wahrscheinlich beim Sprung aus dem Toilettenfenster. Sie wischt es ein wenig sauber und nimmt gerade den letzten Bissen, als drei große schwarze Geländewagen vorfahren. Belinda steht auf und erkennt Levi und Roman in einem, der andere wird ebenfalls von Männern gefahren, die sie kennt, sie steigt aber in das Auto ein, in dem Alejandro neben einem anderen Mann auf dem Beifahrersitz ihr entgegensieht. Ponce öffnet ihr die Tür und sie setzt sich zwischen ihn und Santos. Ihr Vater muss in einem der anderen Wagen sein.

»Geht es dir gut?« Belinda nickt und streicht sich die Haare nach hinten. »Ja, es tut mir leid, dass ich euch damit belästige, aber ich wusste nicht, ob ich da alleine hoch soll und nachsehen kann.« Santos neben ihr zieht eine Waffe und lädt sie nach, was Belinda zusammenschrecken lässt. »Nein, es ist richtig. Du sollst uns immer rufen, wenn etwas ist. Endlich haben wir eine kleine Schwester, um die wir uns kümmern können.« Ein freches Grinsen legt sich auf sein Gesicht, auch Belinda muss lächeln.

Auch wenn er neben Alejandro und Ponce etwas heller wirkt, sieht Santos fast noch ein wenig besser aus, anders, heller und irgendwie wie ein Mann, wo jede Frau genau weiß, dass sie sicher nicht für immer die Einzige bleiben wird. »Was ist mit deinem Knie?« Belinda spürt Alejandros Blick durch den Rückspiegel auf sich und wie sofort ihre Wangen rot werden. Lügen oder nicht? Sie denkt an die Geschichte, die Vidal ihr erzählt hat. Lügen!

»Ich wollte nicht gesehen werden und dann bin ich auf die Toilette und aus dem Fenster dort gesprungen, um nicht aufzufallen. Dabei muss es passiert sein.« Es ist nicht ganz gelogen, zumindest hat der Sprung die Wunde wieder geöffnet. Ponce neben ihr fasst an ihr Knie und drückt daran herum. Belinda beißt die Zähne zusammen, um nicht zu zeigen, dass es wehtut, sie will daraus kein Drama machen. Ponce lächelt zufrieden, sodass seine Grübchen wieder zu sehen sind. »Da steckt ja ein kleiner Rambo in unserer Schwester.«

Genau in dem Moment halten sie vor dem Motel und ausgerechnet vor dem Fenster, aus dem sie gesprungen ist und das noch immer offen steht. Von hier sieht es gar nicht so hoch aus wie von oben und Ponce lacht leise los, selbst Alejandro muss schmunzeln. »Wohl eher ein Rambo-Kätzchen.« Santos zwinkert ihr zu und hält ihr beim Aussteigen die Hand hin, sodass sie sich auf ihn aufstützen kann, da die Geländewagen sehr hoch sind. In dem Moment, als sie in seine Augen sieht, fragt sich Belinda, ob er bereits weiß, dass diese Lilly zurück ist, doch so wie er strahlt, scheint es nicht der Fall zu sein.

Belinda sagt nichts mehr, denn plötzlich wird sie nervös, auch ihr Vater steigt nun aus dem anderen Wagen und sie bemerkt, dass alle Männer hier ihre Waffen gezogen haben und sich umsehen. Ihr Vater kommt und küsst ihre Wange, auch er fragt, ob alles in Ordnung ist, dann betreten alle zusammen das Motel. Es tut Belinda leid, als sie merkt, was für eine Angst die Besitzerin bekommt, drei Männer, darunter Levi, bleiben bei ihr und stellen ihr Fragen.

Sie geht neben Alejandro und ihrem Vater nach oben in das Zimmer, das sie bewohnt hat. Alejandro stößt die Tür auf und ruft sie dann hinein, nachdem er sich umgesehen hat. Als Belinda sieht, was hier passiert ist, blickt sie sich unfassbar um. Alles ist auf dem Boden verstreut, nichts ist mehr auf dem Platz, wo es ursprünglich war. Das Belinda-Bild an der Wand ist zerrissen, und auch einige Kleidungsstücke sind nicht mehr zu gebrauchen.

Belinda hat nicht viel mitgenommen, aber die Sachen waren ihr wichtig. Ihr Vater tritt zu ihr und legt den Arm um sie. »Nimm die Sachen mit, die du möchtest, und dann lass uns hier verschwinden.« Auch er sieht auf das zerstörte Belinda-Bild. Ihr Bett ist zerwühlt, wieso hat er sich da hineingelegt? Belinda nimmt die Patchworkdecke und legt sie zusammen. Ihr Vater sieht auf die vielen Fotos von ihr und ihrer Mutter und lächelt.

An einer Stelle liegt Belindas komplette Unterwäsche auf einem Haufen und Santos schüttelt den Kopf. »Lass die hier, wer weiß, was der getan hat, kauf dir neue Sachen.« Wenigstens die Tüten und Sachen vom Shooting liegen unberührt in einer Ecke, Belinda füllt die Tüten noch mit den Sachen auf, die sie behalten kann, packt ihre Duschsachen ein, nimmt ihren Rucksack und die Fotos und Videos, die sie mitgebracht hat, dann helfen ihr Santos und Ponce, alles nach unten zu bringen.

Die Männer haben die Frau ausgefragt und herausgefunden, dass immer ein Mann da war, er soll nie seinen Namen gesagt haben, aber er hatte einen komischen Dialekt oder Sprachfehler und eine große Narbe über der Nase. Mehr weiß sie nicht, die Nummer auf der sie ihn erreichen sollte, funktioniert natürlich nicht mehr.

Als sie das Motel verlassen und zurück in die Autos steigen, bittet Alejandro sie, Camilla anzurufen. Man spürt, dass er das nicht gern macht, doch alle hören zu, als Belinda sie kurz danach wirklich fragt, ob der Mann, den sie gesehen hat, so eine Narbe hat. Camilla wird sofort wieder aufgewühlt und fragt Belinda, woher sie das wisse, es ist der Mann, der Mann, den Camilla gesehen hat und der nun offenbar hinter ihnen her ist.

Belinda erklärt, dass er bei ihr im Motel war und auch Camilla glaubt, dass er bei ihr war, deswegen ist sie jetzt bei Dante. Belinda verspricht, sie morgen anzurufen und Camilla verabschiedet sich mit den Worten 'bis zur Trauerfeier'.

»Wann ist diese Trauerfeier genau?« Nun sitzt ihr Vater neben ihr und Alejandro. Ponce fährt und auch Levi ist bei ihnen. »Über-morgen, und wir werden alle dahin gehen!« Belinda sieht sich ver-wundert um. »Ich denke, wir dürfen da nicht hin?« Nun ist sie die-jenige, die verblüffte Blicke erhält, doch Levi antwortet ihr. »Doch, bei den Trauerfeiern müssen wir das tun, alle Familias werden da sein, deswegen kommst du mit, damit auch der letzte Dorftrottel weiß, wer du bist und zu wem du gehörst.«

Ihr Vater neben ihr legt sein Handy weg, auf dem er gerade noch etwas eingetippt hat. »Auch ich werde da mit hinkommen!« Nun sieht Alejandro zu ihm. »Du warst nie wieder da. Seit dem Abkom-men.« Ihr Vater nickt und als er jetzt zu Alejandro und ihr blickt, sieht Belinda das erste Mal die andere Seite, er sieht aus, als wäre er zu allem bereit und Belindas Blut gefriert unter seinem wütenden Blick.

»Deswegen ja, ich werde klarmachen, wer Belinda ist. Die Leute sollen alle wissen, wie ernst es mir ist und was passiert, wenn einer meiner Tochter zu nah kommt … Ich werde mit euch kommen!«

Alejandro nickt nur, auch wenn ihn diese Neuigkeit mehr als offensichtlich überrascht. Belinda hingegen lehnt sich angespannt zurück. Übermorgen fährt sie mit allen zu Vidal und sie wird ihm offiziell das erste Mal als Sombras, seiner Feindin, gegenüberstehen. Sie schließt die Augen und hofft, dass sie da irgendwie drum herum kommt.

Kapitel 10

»Bis zur Trauerfeier.« Camilla legt auf und spürt Dantes und Vidals Blick auf sich. Sie erzählt ihnen, was Belinda passiert ist und auch wenn sie schon mitbekommen hat, dass Vidal jetzt, wo er weiß, wer zu Belindas Familie gehört, nichts mehr mit ihr zu tun haben will oder kann, wie Dante es ihr heute schon einmal probiert hat zu erklären, trotz allem, trotz all der Worte, sieht Camilla die Sorge in Vidals Augen, als sie von Belinda spricht und sie hat auch vorhin mitbekommen, wie aufgebracht er war, als er vor einigen Minuten wiederkam.

Eigentlich wollten Dante und Vidal irgendetwas erledigen fahren, doch als der Anruf wegen Belinda kam und dass die Männer sie haben, ist Vidal sofort losgefahren und jetzt ist er nur vorbeigekommen, um alles weitere für heute auch abzusagen. Es ist mehr als offensichtlich, dass ihm die Sache mit Belinda schlechte Laune macht, und nachdem Camilla ihm jetzt erzählt hat, was passiert ist, nickt er trocken. »Ist sie jetzt da raus und bei ihrer Familie?« Camilla legt das Handy weg. »Ja.« Vidal nickt und reibt sich über die Augen.

In dem Moment kommt Cuca mit einer der Hausangestellten herein. Von allen Anführern der Los Puentes ist Cuca Camilla am meisten unheimlich. Auch wenn Vidal am gefährlichsten wirkt, ist es Cuca, der einen nie richtig ansieht und der auch nur sehr selten spricht, einfach unheimlich. »Maria hier ist gerade zu mir gekommen, um mir mitzuteilen, dass einer der Gärtner nicht mehr zur Arbeit erschienen ist. Erst dachte ich, es wäre unwichtig, doch er ist genau seit dem Tod von Artur verschwunden.«

Der Hausangestellten ist das alles sichtlich unangenehm. »Er hatte an dem Abend Spätschicht, genau wie am nächsten Tag, doch seitdem ist er nicht mehr erschienen. Wir unternehmen nicht immer sofort etwas, aber er hat sich überhaupt nicht gemeldet, also haben wir versucht, ihn zu erreichen und schnell gemerkt, dass die angegebene Handynummer nicht existiert und heute war ich bei der Adresse, die er angegeben hatte, aber auch die existiert nicht. Also es ist ein Haus, was schon ewig leersteht.«

Vidal und Dante sehen die Frau angespannt an. »Wie lange hat er hier gearbeitet? Mit welchen Papieren hat er sich hier beworben? Wir haben doch sehr strenge Kontrollen für unsere Angestellten.« Die Frau hebt die Arme. »Haben wir auch, nachdem ich das mit der Adresse herausgefunden habe, bin ich die Papiere, die er abgegeben hat, durchgegangen. Er hat sich als Benjamin Gomez beworben. Die Papiere und seine Zeugnisse sind nicht gefälscht und er hatte nur die besten Empfehlungen ... nur wird dieser Benjamin Gomez seit drei Monaten vermisst, genau seit dem Zeitpunkt, als sich der Mann bei uns beworben hat.«

Vidal hebt die Hand, auch Camilla kann nicht glauben, was sie da hört. »Also bedeutet das, der Mistkerl hat diesen Benjamin umgebracht und sich dann als er hier ausgegeben? Er ist hier drei Monate ein- und ausgegangen, bis er Artur ermordet hat?« Die Haushälterin nickt. »Ich habe das sofort gemeldet und Señor Cuca hat mir den Mann beschrieben, es passt, Benjamin hatte eine große Narbe über der Nase und war ziemlich hell. Dazu hatte er einen Sprachfehler, er stottert und kann den rechten Arm nicht ganz bewegen.«

Vidal reibt sich die Stirn. »Die Männer, die ihn verfolgt haben, meinten, dass er komisch gerannt ist, trotzdem war er schnell.« Dante nimmt seine Waffe von der Kommode und steckt sie sich in den Hosenbund. »Dieser Bastard, aber was wollte er? Er beobachtet uns über so eine lange Zeit und nichts passiert? Bis zu dem Tag mit Artur?« Die Haushälterin sieht zu Boden. Wenn ich jetzt darüber nachdenke, fällt mir ein, dass er oft ermahnt wurde, weil er dabei erwischt wurde, wie er die Leute hier beobachtet hat und zu wenig gearbeitet hat. Aber um ehrlich zu sein, hatten wir alle Mitleid mit ihm und es blieb nur bei der Ermahnung.«

Vidal sieht Cuca und Dante an. »Wir müssen die Sicherheitsvorkehrungen wegen übermorgen noch einmal durchgehen, ich bin mir sicher, dass der Kerl selbst nicht auftauchen wird, aber seine

Auftraggeber, vielleicht verraten sie sich, wir müssen so wachsam wie noch nie sein. Du darfst Camilla an dem Tag nicht eine Sekunde aus den Augen lassen.« Dante nickt. Vidal wendet sich an die Haushälterin. »Suchen sie alle Papiere der Angestellten zusammen, so etwas darf nicht noch einmal passieren. Ich werde die Unterlagen selbst durchgehen und morgen möchte ich alle sehen.«

Die Frau nickt und eilt aus dem Haus. Vidal und Cuca wollen ihr folgen, doch Camilla ist schneller. »Was ist mit Belinda?« Vidal ist schon halb zur Tür hinaus und wendet sich nochmal um. »Ich traue denen nicht viel zu, aber wenn ich ihren Brüdern irgendetwas zutraue, dann, dass sie auf sie aufzupassen.« Dante lacht leise und steckt sich die Waffe in den Hosenbund. »Das hat man gesehen, als sie heute auf unserem Gebiet war. Ich bin bald wieder da, wenn was ist, ruf an.«

Dante gibt ihr einen Kuss auf den Mund und verlässt mit Vidal das Haus, offenbar wollen sie die Sache mit den Sicherheitsvorkehrungen gleich klären. Camilla kann es nur recht sein, seit sie Dante gestern Nacht aus dem Hotel geholt hat, hat sie soviel erfahren, dass sie gar nicht genau weiß, wohin mit all ihren Gedanken.

Sie trägt nur eine Jogginghose und ein Top, ihre Haare sind zu einem unordentlichen Zopf nach oben gebunden. Als sie jetzt ins Bad geht, lässt sie sich warmes Wasser in die riesige Badewanne. Schon den ganzen Tag hatte sie das vor, doch jetzt ist es schon abends und sie ist noch nicht dazu gekommen. Camilla zieht sich aus und wischt den Spiegel frei, auf dem sich schon Tropfen gebildet haben und die Scheibe beschlagen ist, da Dante gerade erst duschen war.

Sie sieht müde aus und Camilla fühlt sich auch so, müde, erschöpft, die letzten Tagen haben ihr Leben komplett geändert. Es gibt Momente im Leben, da weißt du, dass ab jetzt nichts mehr wie vorher wird, die Frage ist nur, ob du es schaffst, es ins Positive zu ziehen oder nicht, aber momentan weiß sie nicht einmal, wo sie anfangen soll alles aufzuräumen. Es liegt auch nicht in ihrer Hand und das macht sie noch wahnsinniger.

Sie kann nichts tun, weil ein Irrer hinter ihr her ist. Sie kann die Freiheit, die sie sich so hart erarbeitet hat, nicht genießen, weil sie sich selbst zu ihrem eigenen Schutz einsperren muss. Sie kann momentan nicht mehr an ihrem Vorhaben, sich von Dante fernzuhalten, festhalten, weil sie spürt, dass sie das nicht schafft, nicht möchte. Sie ist gern bei ihm und mit ihm zusammen, momentan fehlt ihr die Kraft, so zu tun, als wäre es nicht so.

Camilla stoppt das Wasser, in das sie so viel Shampoo geschüttet hat, dass die Badewanne komplett vom Schaum bedeckt ist. Es tut gut, als sie sich ins Wasser hinabgleiten lässt. Camilla schließt die Augen und lässt die vergangenen Stunden Revue passieren.

Als sie gestern bei Dante ankamen, ist Camilla, noch während er duschen war, eingeschlafen und heute morgen in seinen Armen aufgewacht. Sie haben gefrühstückt und dann hat Dante angefangen, Camilla zu erzählen, was es mit seiner Familie genau auf sich hat. Einiges wusste Camilla schon, aber nicht so viel, nicht die schrecklichen Details, die Dante ihr erzählt hat. Camilla konnte ihm kaum in die Augen sehen, als er ihr vom Tod seines Vaters erzählt hat und wie seine Mutter nach und nach über all das Leid ihren Verstand verloren hat. Dante besucht sie regelmäßig, doch es fällt ihm sehr schwer, damit umzugehen.

Sie haben den ganzen Nachmittag auf der Couch verbracht und geredet. Auch Camilla hat Dante von sich erzählt, ihrer Kindheit, wie streng ihre Eltern sind, wie sehr sie es damals gehasst hat, aber dass sie mittlerweile sogar vieles versteht. Er ist der erste, dem sie ehrlich sagt, dass sie jeden Tag an ihre jüngeren Schwestern denken muss und sie genau weiß, dass sie mit ihrer Flucht deren Leben in dem kleinen Dorf Santa Isabel ganz im Süden noch viel schwerer gemacht haben wird.

Sie weiß, dass sie für ihre Familie gestorben ist, doch sie wünschte sich, dass ihre Eltern wüssten, dass sie trotz ihrer Freiheit die Werte, die sie ihr beigebracht haben, nicht vergessen hat. Dante hat sie lange im Arm gehalten, sie haben einfach geredet, solange, bis Vidal mit Dante wegwollte und dann der Anruf kam, dass

Belinda auf ihrem Gebiet ist. Einige Männer haben sie auf der Raststätte gesehen und verfolgt. Camilla hat sich Sorgen wegen Belinda gemacht, aber Dante hat ihr versichert, dass Vidal nicht zulassen wird, dass Belinda etwas passiert. Auch er spürt, dass da mehr ist und all das auch für Vidal nicht leicht ist.

Sie haben etwas gegessen und erst jetzt kommt Camilla dazu, ein Bad zu genießen. Sie fragt sich, wie eine Familie all das verkraften kann, was hier passiert ist und sie hat das Gefühl, dass es hier niemand wirklich überwunden hat. Wie sollten sie, nachdem so vielen so viel Leid zugefügt wurde? Aber Dante war ehrlich und hat nicht verschwiegen, dass es auf beiden Seiten gleich war und auch die Familie von Belinda viel verloren hat.

Camilla hat die Augen geschlossen und ist dabei fast eingeschlafen, da klopft es an der Badezimmertür. Camilla sieht nach, ob alles von Schaum bedeckt ist und sagt Dante, dass er hereinkommen kann. »Sieh mal, was die Haushälterin von Vidal gemacht hat, hast du nicht gesagt, du liebst es?« Er hält ihr einen Teller mit warmem Bananenbrot hin. »Oh mein Gott, ich habe es schon ewig nicht mehr gegessen.«

Dante setzt sich neben die Badewanne und stellt den Teller neben ihr auf dem Rand ab. »Noch warm schmeckt es am besten, deswegen wollte ich es dir gleich bringen.« Camilla bricht sich ein Stück ab und genießt es. »Seid ihr schon fertig für heute?« Dante nimmt sich auch ein Stück. »Nein, aber ich wollte so schnell es geht zu dir zurück. Momentan sollte ich dich wirklich so gut es geht im Auge behalten.« Dabei sieht er aber sehr stur auf den Badezimmerfußboden und Camilla muss leise lachen.

»Ist dir das unangenehm? Du bist doch sonst nicht so schüchtern.« Dante hat sie die letzten Stunden viel im Arm gehalten und geküsst, Camilla hat diese Nähe einfach nur genossen, sie kann gar nicht genug davon bekommen. Eigentlich ist Camilla unerfahren und schüchtern, doch nun ist Dante es, der sie kaum ansehen kann, und das ermutigt sie. »Es ist mir nicht unangenehm, aber es ist nicht leicht, mich zu beherrschen, wenn du … so in meiner

Nähe bist.« Dante grinst und Camillas Blick fällt auf die unübersehbare Beule in seiner Jeans. Nun ist sie es doch wieder, der die Hitze in den Kopf steigt. »Oh okay, aber du siehst doch gar nichts.« Dante setzt sich auf und hockt sich nun neben sie und lässt seinen Blick über das Wasser gleiten.

Wieder steigt diese köstliche Hitze in Camilla hoch, die Dante so oft bei ihr auslöst. »Man muss nicht immer etwas sehen, manchmal ist die Fantasie viel aufregender. Wenn ich mir vorstelle, dass du hier gerade nackt vor mir liegst, fällt es mir schwer, dem Drang zu widerstehen, dich anzufassen.« Dante streicht mit seinen Fingern über ihre Wange, ihr Kinn und ihr Schlüsselbein entlang, wo das Wasser und der Schaum langsam beginnen.

Camilla schließt einen Augenblick die Augen. »Es hat mich noch nie jemand angefasst, nicht einmal ich selbst.« Dante hört nicht auf, an ihrem Hals entlangzustreichen und sieht sie doch verwundert an. »Wie meinst du das? Du kannst doch auch deinen Spaß haben, ohne Sex zu haben, oder willst du das auch nur mit deinem Ehemann haben? Du bist noch ganz unerfahren?« Camilla nickt, Dantes Hand fährt etwas tiefer ins Wasser ein und die Spuren seiner Finger brennen über ihre Haut. »Nein, es geht darum, dass ich all so etwas nur mit jemandem teile, bei dem ich das wirklich möchte, ich will mich nicht irgendjemandem hingeben und mein erstes Mal soll nur für meinen Ehemann reserviert sein.«

Dante sieht ihr in die Augen. »Am Anfang war ich wirklich schockiert darüber, doch wenn ich mir jetzt vorstelle, dass meine Frau mir dieses Geschenk macht … das ist etwas ganz Besonderes, und auch wenn man sich erst wundert, hast du recht, du solltest diese Gefühle, die man bei dir wecken kann, nicht mit jedem Mann teilen.« Camilla hört, wie rau seine Stimme bereits geworden ist, er macht sie wahnsinnig mit seinen Kreisen, die zwar immer tiefer gehen, aber nicht am Ziel ankommen.

Camilla schließt die Augen. »Bei dir habe ich diese Gefühle schon gespürt.« Sie bäumt sich ihm ein klein wenig entgegen und Dante umfasst ihre Brust, was Camilla leicht aufstöhnen lässt. »Welche

Gefühle, Camilla?« Auch Dantes Stimme ist kaum mehr zu erkennen, als er beginnt, die Brust zu streicheln. Er umkreist ihre Brustwarzen und Camilla bäumt sich wieder auf, als sie hart werden. »Diese Gefühle ...« Camille entrinnt ein Stöhnen. Als sie versucht, es leise zu halten, nähert sich Dante ihrem Mund mit seinem, ohne seine Hand von ihrer Brust zu lassen. »Unterdrücke es nicht, es ist ganz natürlich.«

Anstatt sie zu küssen, umfährt seine Lippe ihre Brustwarze, die nun nicht mehr im Wasser liegt und Camilla stöhnt wieder auf. Alles in ihr beginnt zu prickeln, dieses kleine Gefühl, was sich in ihr aufbaut, scheint zu wachsen und zu wachsen statt sich abzuschwächen. »Du bist so weich und perfekt.« Dante nimmt auch die andere Brustwarze in seinen Mund, gleichzeitig wandert seine Hand nach unten. Er sieht hoch, seine Augen wirken viel dunkler als sonst und Camilla spürt, dass auch sie schwer atmet und ihn aus schweren Lidern heraus anblickt.

»Du bist das Schönste, was ich je gesehen habe, soll ich es sein, Camilla? Der Mann, der dich in diese Welt einführt?« Camilla schließt wieder die Augen, als seine Hand an ihren Schenkeln entlang Kreise zeichnet, denn dieses Mal zieht es in ihrem Unterleib und sie hat das Gefühl, ein Vulkan brodelt in ihrem Inneren. »Camilla, du musst es mir sagen. Ich respektiere deine Entscheidungen und ich werde bei dir bleiben, egal was ist, weil ich schon gar nichts anderes mehr will, doch ich wäre glücklich, wenn du möchtest, dass ich es bin, der dir zeigt, zu was für Gefühlen du fähig sein kannst.«

Camilla öffnet ihre Augen und nickt, während seine Hand immer näher zu ihrer Mitte rutscht. »Sag es!« Camilla beißt sich leicht auf die Lippen, sie öffnet die Augen wieder und sieht Dante in seine wunderschönen dunklen Augen, die sie lustvoll anblicken. Egal wie tief sie schon in diesem Gefühlsstrudel steckt, es ist ihr absolut ernst, als sie ihm in die Augen sieht, es soll Dante sein, kein anderer Mann.

»Ja, ich will dich und keinen anderen!«

Dante küsst sie sehnsüchtig, gleichzeitig trifft seine Hand auf ihre Mitte und Camilla stöhnt in den Kuss hinein. Es ist unbeschreiblich, was Dante für Gefühle freisetzt, als er sie küsst und gleichzeitig mit seinem Finger ihre Mitte streichelt. Camilla stöhnt, sie kann nicht anders, bis Dantes Hand plötzlich weg ist, er flucht und ihr hoch hilft.

»Verdammt Camilla, du machst mich wahnsinnig, ich muss dich ganz sehen, spüren und schmecken.« Allein diese Worte lassen Camillas Knie weich werden, als Dante sie ansieht, wie sie so nackt vor ihm steht. Er holt ein Handtuch, mit dem er sie umwickelt und küsst sie dabei so verlangend, dass sie kaum spürt, wie er sie hochnimmt und in sein Schlafzimmer bringt.

Es wird nicht kalt, als er sie auf den Rücken legt und das Handtuch öffnet, sodass sie komplett nackt vor ihm liegt. Dante hält ein und sieht zu ihr hinab. »Ich bin so dankbar, dass du in mein Leben gekommen bist und ich werde alles dafür tun, dich darin zu behalten.« Trotz all der Lust treffen Camilla seine Worte, weil sie weiß, dass er es ernst meint. Er hat sich so lange um sie bemüht, auch wenn sie ihm nicht einmal Hoffnungen dazu gegeben hat.

Dante zieht sich sein Shirt aus und während er sie erneut küsst, sind es dieses Mal ihre Hände, die über seine weiche Haut und die harten Muskeln fahren. Sie fährt seine Tätowierungen nach und genießt es, als er ihre Brüste liebevoll liebkost und dieser Vulkan in ihrem Bauch immer stärker zu brodeln beginnt. Seine Hand fährt ihren Bauch entlang und trifft wieder ihre Mitte.

Sie spürt selbst, wie bereit sie für ihn ist und keucht auf, aber auch er flucht leise und ihr Name ist so rau, dass auch Camilla neugierig ist. Dante bewegt seine Finger behutsam und Camilla stöhnt, gibt sich dem Gefühl hin und will ihm gleichzeitig auch Lust schenken. Ihre Finger gleiten an seine Jeans und schon, als sie nur auf seine harte Beule stößt, zischt Dante leicht auf. »Vorsichtig, mein Engel. Ich habe noch nie etwas so sehr wie dich gewollt und alleine der Gedanke, dass ich der erste Mann bin, der all das sieht und spürt, macht mich wahnsinnig, sodass ich schon so fast explodiere.«

Camilla will lächeln, doch in dem Moment findet Dantes Hand eine Stelle, die sie laut aufstöhnen und ungeduldig seine Jeans öffnen lässt, die Dante schnell abstreift, so wie die Boxershorts auch gleich.

Nun sind sie beide nackt und Camilla sieht fasziniert, wie groß Dante für sie geworden ist. Ihre Hand legt sich um ihn und sie spürt, wie weich trotz all der Härte die Haut ist. Nun ist es Dante, der aufstöhnt und Camilla spürt ein paar Tropfen auf der Spitze. Natürlich weiß sie, was man machen soll, doch sie braucht gar nicht nachzudenken, ihr Mund senkt sich automatisch, um davon zu kosten, während Dante ihr immer lautere Geräusche entlockt und das Feuer in ihrem Vulkan zum Kochen bringt.

Camilla drückt sich Dantes Hand entgegen, gleichzeitig umfasst sie ihn und reibt ihn, bis Dante ganz ablässt und sich ihr entzieht, weil er ihre Knie auseinander drückt und sein Mund auf ihre Mitte trifft. Er liebkost sie da nur zweimal und ihr Vulkan im Bauch explodiert. Camilla hat diese Gefühle noch nie gespürt, krallt sich erst am Laken, dann an Dantes Haaren fest, der nicht aufhört, sondern sofort wieder den Vulkan entfacht und ihn noch ein zweites Mal zum Explodieren bringt.

Camilla ringt nach Luft und atmet schwer, sie kann nicht glauben, wie sich all das anfühlt und Dante knabbert noch liebevoll an ihrer Hüfte und lächelt an ihrem Bauchnabel, doch Camilla setzt sich auf und findet sich genau vor Dantes Erregung wieder, die nun noch praller geworden ist. Camilla ist unerfahren, auch wenn sie die Theorie kennt, ist die Praxis noch einmal etwas ganz anderes. Sie überlässt sich ihren Gefühlen und Dantes Stöhnen bestärkt sie, bis auch Dante zuckt und explodiert.

Dante und sie ringen beide nach Luft, als er kurz danach liebevoll ihre Stirn küsst und sie an sich hält. »Das war besser als alles andere, was ich bisher hatte.« Camilla lächelt und küsst ihn, nicht mehr verlangend, einfach nur zärtlich, denn sie hat sich entschieden, dass er der Mann ist, dem sie sich öffnet. Diese Entscheidung nimmt ihr nicht alle Sorgen ab, aber zumindest befreit es sie von dem Gefühl, sich ständig gegen ihr Herz stellen zu müssen. Dante umschlingt sie mit seinen Armen und hält sie so fest, dass sie sich sicher ist, diese Entscheidung nicht zu bereuen.

Lilly schiebt die Ständer mit den Postkarten in den Laden. »Soll ich dir helfen?« Ihre Mutter atmet schwer und hustet. »Nein Mama, ich bin gleich fertig und dann geht es ab nach Hause.« Es ist schon fast zweiundzwanzig Uhr und für Lilly die erste richtige Verschnaufpause. Zwar haben sie Mittagsruhe, doch da ihre Mutter schon länger krank ist und niemandem etwas gesagt hat, ist einiges an Papierkram liegengeblieben und Lilly versucht, sich da durchzuarbeiten.

Sie kämpft gegen die Tränen, als der Ständer zurückrollt und gegen ihren Fuß trifft. Sie ist erst eine Woche wieder hier und hat schon keine Kraft mehr, wie soll sie das durchhalten? Sie hat ihren Vater immer verflucht und ihm alles Unglück der Welt an den Hals gewünscht, doch gerade könnte sie seine Hilfe gut gebrauchen, leider weiß niemand, wo er steckt.

Sie rollt den Ständer in den Laden und blickt in den Spiegel. Natürlich sieht man es ihr nicht wirklich an, sie trägt ein weißes Häkelkleid, weiße Ballerinas, ihre Haare, die hier alle immer nur Gold nennen, fallen ihr auf den Rücken und sie hat sich nicht viel verändert, seit sie vor knapp zwei Jahren weggegangen ist ... oder geflüchtet, wie man es auch nennen kann. Sie hat ihr gebrochenes Herz zusammengefegt und ist völlig kaputt nach Frankreich zurück, wo sie sich langsam wieder aufgerafft hat und genau jetzt, wo es wieder ging, musste sie zurückkommen.

Lilly sieht in den Spiegel und denkt an das Mädchen, das das letzte Mal in den Spiegel gesehen hat, bevor sie in den Flieger gestiegen ist. Nein, dieses Mädchen ist wieder geheilt, doch sie weiß, dass gewisse Teile von dem, was damals war, nie vergehen werden. Allein als sie Alena getroffen und gestern plötzlich Adrian im

Laden war und sie wie ein Gespenst angesehen hat, hat ihr gezeigt, dass dieser Teil ihres Lebens nie vergehen wird, auch wenn sie es mittlerweile schafft, ihn zu verdrängen.

Lilly atmet tief ein und will den letzten Kartenständer holen, da hält quietschend ein schwarzer Bentley vor dem Laden und ihr Herz setzt aus, als er aussteigt. Wütend knallt er die Tür zu und starrt ihr ins Gesicht und Lilly vergeht alles, als sie ihm nach so langer Zeit das erste Mal wieder in die Augen blickt.

Er, Santos, vom ersten Moment hat sie ihn geliebt und er war es auch, der sie so zerstört und gebrochen hat. »Ist das dein gottverdammter Ernst? Was tust du hier?« Er hat sich die letzten zwei Jahre nicht verändert, wenn überhaupt, dann sieht er nur besser aus. Noch immer hat er die goldbraune Haut, sie entdeckt den Cinco Sombras-Schriftzug auf seinem Arm und eine neue Narbe an seiner Augenbraue. Seine hellbraunen Augen blicken auch an ihr herab und sie erkennt sofort sein kleines Grübchen auf der rechten Wange, genau neben dem kleinen Leberfleck.

Lilly schüttelt sich innerlich wach und geht kalt an ihm vorbei zu dem Kartenständer. Sie spürt, wie aufgebracht er ist, er kann ihr nichts vormachen, konnte er noch nie. »Das geht dich nichts an Santos, verschwinde!« Sie spürt seine vertraute Wärme an ihrem Arm, mit seiner großen Hand kann er diesen fast umfassen. »Was tust du hier?« Lilly wirbelt zu ihm um und steht nun sehr eng bei ihm, sie sehen sich in die Augen und Lilly weiß in dem Moment, dass sie Santos immer lieben wird, er wird immer die Liebe ihres Lebens sein, doch das ändert nichts an dem, was nie wieder sein wird.

»Wie gesagt, das geht dich nichts an. Verschwinde, Santos, das kleine naive Mädchen, was alles für dich getan hat und alles ertragen hat, gibt es nicht mehr. Ich lasse mir nichts von dir sagen und bin dir auch nichts schuldig, also verschwinde endlich!«

»Lilly, ist alles in Ordnung? Gehen wir nach Hause?« Sie kennt Santos besser als sonst jemand und auch er kennt sie ganz genau, das können zwei Jahre nicht ändern, nicht nachdem, was sie alles hatten. Lilly merkt sofort, dass Santos hört, dass es ihrer Mutter nicht gut geht, sie kann seine Anwesenheit kaum ertragen und macht sich los.

»Du hast gesagt, du gehst und kommst nie wieder!« Lilly schiebt den Ständer in den Laden und dreht sich noch einmal um, beinahe hätte sie laut losgelacht, doch sie sieht ihn nur belustigt an.

»Du hast mir auch schon so einiges gesagt, was du nie gehalten hast, so ist das Leben, komm damit klar!«

Mit diesen Worten schließt sie die Tür vor seiner Nase und lehnt sich dagegen. Sie wollte auch nie wieder zurück, nie wieder in seine Nähe, weil sie wusste, was für eine Qual das wieder werden wird.

Kapitel 11

Belinda versucht, den Eyeliner-Strich ordentlich hinzubekommen, doch sie ist so aufgeregt, dass ihre Hand viel zu sehr zittert. Sie fahren gleich los zur Trauerfeier in das Los Puentes-Gebiet. Niemand hier weiß, was das für einen Zwiespalt für sie darstellt.

Gestern hat sie den ganzen Tag mit ihrem Vater, ihren Cousins, ihrem Onkel und Alena verbracht. Auch Ignacio, ein sehr langjähriger und guter Freund ihres Vaters, war dabei. Es war schön, alles gestern war schön, sie hat sich nach dem Frühstück allein mit ihrem Vater aufgemacht und ist sehr lange mit ihm am Strand spazieren gegangen. Dabei hat er versucht, ihr das zu erklären, was Vidal ihr schon erzählt hat, wenn auch nicht ganz so detailliert, wie Vidal es getan hat.

Belinda hat ihm nicht gesagt, dass sie diese Geschichte nun schon kennt und ihm noch einmal genau zugehört, auch beim zweiten Mal haben diese Gewalt und diese Brutalität, wie all das damals passiert ist, Belinda erneut schockiert. Er hat sie auch gefragt, wie viel Kontakt genau Belinda zu den Los Puentes hatte, ihre Brüder haben ja mitbekommen, dass sie sich kennen.

Belinda ist ein ehrlicher Mensch und will das auch nicht ändern. Sie hat ihrem Vater erzählt, wie sie an den Job im Café gekommen ist und dass sie da öfter auf die Anführer der Los Puentes getroffen ist. Sie erzählt, dass sie auf Dantes Geburtstag war und ihre Freundin da diesen Mord beobachtet hat und dass sie dann Pablo so zugerichtet im Casitas gefunden haben. Belinda erwähnt auch, dass die Los Puentes sie sofort schützen wollten, aber dann ja ihre Brüder kamen und dass jeder einzelne von ihnen immer nett und respektvoll zu ihr war. Sie erwähnt auch, dass sie besonders Vidal sehr gemocht hat, aber nicht, wie nah sie sich gekommen sind. Immerhin redet sie mit ihrem Vater und auch wenn sie ihn noch nicht so lange kennt, wäre es merkwürdig, ihm so etwas zu erzählen.

Belinda spürt zwar, dass ihr Vater nicht begeistert ist, doch sie wird nicht müde zu erwähnen, dass diese Feindschaft zwar mittlerweile für sie begreifbar gemacht wurde, sie sie aber nicht empfindet und dass sie es auch nicht kennt, in ihren Freiheiten eingeschränkt zu werden. Es ist schwer für sie, sich vor irgendetwas verstecken zu müssen und nicht ganz frei zu sein und Belinda spürt sofort, dass ihr Vater augenblicklich ein schlechtes Gewissen bekommt.

Das ist es ja, was ihre Mutter für sie wollte, ein freies, gefahrloses Leben, deswegen hat sie sich dafür entschieden, Belinda nicht in Puerto Rico zu bekommen und kaum ist sie hier, spürt sie diese unsichtbaren Fesseln, die sie hier tragen muss, augenblicklich.

Sie vermeiden danach das Thema, auch wenn Belinda weiß, dass es nicht das letzte Mal gewesen ist, dass sie darüber gesprochen haben, doch sie spürt auch, dass sie sich langsam annähern. Ihr Vater wird nicht müde, ihr zu versichern, wie froh er ist, dass sie jetzt bei ihm ist und dass er es überhaupt nicht fassen kann, solch eine hübsche Tochter zu haben. Auf dem Weg zurück zum Haus legt er den Arm um sie und Belinda genießt diese Nähe, die sie sich ein Leben lang gewünscht hat.

Sie sehen sich einige Bilder und Videos ihrer Mutter mit Belinda an und ihr Vater wird ruhig. Belinda spürt, dass er seine Mutter aufrichtig geliebt hat, er schwört, dass er sein Leben gegeben hätte, um sie beide bei sich zu haben und sie glücklich zu machen und dass er alles dafür tun wird, um das jetzt bei Belinda nachzuholen.

Dann sind Alena und Roman gekommen und Levi mit seinem Vater, sie haben begonnen, auf dem Gemeinschaftsrasen zu grillen, es war richtig schön entspannend. Belinda und Alena haben die beiden Welpen verwöhnt, die hier überall herumlungern. Ponce und die anderen sind gekommen, selbst Alejandro kam etwas später und ist bei ihnen geblieben. Ponce hat Belinda erzählt, dass keiner weiß, woher die Babywelpen kommen, plötzlich waren sie da und nun kümmern sich alle um sie.

Auch Santos tauchte irgendwann auf, doch er hat nur vor sich hin gegrübelt und war kaum ansprechbar, auch hier hat Alena Belinda verraten, was der Grund dafür ist. Lilly, er hat von ihrer Rückkehr erfahren, also haben ihn alle in Ruhe gelassen.

Doch alle anderen hatten ihren Spaß, je später der Abend wurde, umso enger saßen sie zusammen, selbst Alejandro war mal vollkommen entspannt und hat es sich neben Belinda auf einer Liege bequem gemacht. Belinda hat sich auch wegen Suerte nicht getäuscht, er sucht, wenn auch wegen ihrer Brüder sehr unauffällig, ihre Nähe. Sie allerdings merkt es und wenn sie hin und wieder den Blick von Alejandro verfolgt hat, muss auch er etwas gemerkt haben.

Aber all das hat Belinda ausgeblendet, auch die schlechte Laune, die sie noch wegen Vidal hat, sowie alle Fragen, Ängste und Zweifel. Sie hat einfach diesen Nachmittag und Abend genossen. Adrian und Ponce haben Alena und sie so zum Lachen gebracht, dass sie irgendwann einen richtigen Muskelkater davon hatte. Nun, da sie weiß, woher die Narben auf Adrians Gesicht sind und dass er damals seine Eltern verloren hat, sieht Belinda ihn mit ganz anderen Augen, und seine lustige Art stellt alles andere in den Schatten.

Der Abend gestern war schön, doch seit sie heute morgen aufgestanden ist, hat sie all das wieder vollkommen eingeholt, die Familias, die Feindschaft, Vidal, der Grund, warum Pablo im Krankenhaus liegt. Sie ist nur mit Jogginghose, Top und einem unordentlichen Knoten auf dem Kopf in die Küche frühstücken gegangen, wo ihr Vater mit Rehan einige Dinge zu besprechen hatte. Beide haben ihr einen Kuss auf die Wange gegeben und ihr Vater musste über ihr verschlafenes Äußeres schmunzeln.

Belinda hatte noch nicht einmal aufgegessen, da kam schon Alena herein, Belinda hatte sie nach einigen schwarzen Kleidern gefragt, sie besitzt keine hier und hatte nicht die Zeit, sich eines zu besorgen. Im Gegensatz zu ihr darf Alena an der Trauerfeier nicht teilnehmen und Alejandro hat ihr auch noch mal ganz klar gesagt, dass Belinda nur mitkommt, um sie vor allen Familias zu präsentieren. Ansonsten bringen sie keine weiblichen Familienmitglieder dahin, um sie zu schützen, doch dieses Mal müssen sie genau das Gegenteil tun, um sie zu schützen und Belinda hat das Gefühl, dass genau das alle etwas nervös macht.

Ihr Vater begleitet sie, womit offenbar keiner gerechnet hat. Diese Zusammenkünfte sind sehr selten, weil alle sie hassen und wenn, dann kommen da die jüngeren Vertreter hin, doch ihr Vater hat noch einmal klargemacht, wie wichtig es ihm ist, dass auch jeder versteht, dass Belinda seine Tochter ist und ihr keiner zu nah kommen sollte.

Vidal scheint es verstanden zu haben, er hält sich ganz von allein von ihr fern, als würde allein die Tatsache, zu welcher Familie sie gehört, wie eine schwere Krankheit auf ihr liegen. Sie kann nicht verleugnen, dass es sie ärgert, vielleicht sogar verletzt, weil sie ihn wirklich mag und sich darauf gefreut hatte, ihm noch näher zu kommen, mehr über ihn zu erfahren.

Er hat Belinda von Anfang an gefallen, sie hatte aber immer geplant, schon längst wieder zurück in Portland zu sein und sich nicht zu sehr darauf eingelassen, doch jetzt spürt sie, dass die Zeit, die sie zusammen im Wagen verbracht haben, sei sie auch noch so kurz gewesen, ihre Spuren hinterlassen hat. Besonders dass er sie gebeten hat, da zu sein, wenn er zurückkommt, hat ihr doch mehr bedeutet, als sie es gedacht hat, und dass er sie so abgewiesen hat und klar gemacht hat, dass sie sich nie wieder sehen dürfen, enttäuscht sie und macht sie traurig. Es kann sein, dass sie es versteht, doch gefallen tut es ihr trotzdem nicht, deswegen sieht sie sich auch alle Kleider an und entscheidet sich dann für das in ihren Augen sexieste.

Endlich hat sie es geschafft, sich einen Lidstrich zu ziehen, sie macht es selten, doch wieder einmal merkt sie, wie sehr es ihre Augen betont. Sie wirken noch mandelförmiger und heller. Sie trägt Wimperntusche, Lipgloss und Rouge auf und bindet ihre Haare zu einem strengen Dutt nach hinten. Das Kleid ist schwarz und enganliegend, es geht ihr bis kurz vor den Knien und hat

130

einen herzförmigen Ausschnitt. Sexy, aber für eine Trauerfeier noch akzeptabel. Sie bindet sich das Kreuz ihrer Mutter um und benutzt weiße Perlenohrringe. Als sie dann in die schwarzen Pumps schlüpft und sich die Clutch unter den Arm klemmt, sieht sie zufrieden in den Spiegel. Dann soll Vidal heute für wahrscheinlich das letzte Mal sehen, was er verpasst hat.

Es hat schon zweimal Ponce nach ihr gerufen, jetzt sieht sie selbst, dass sie spät dran ist und geht schnell die Treppe hinunter. Als sie unten ankommt, stockt sie bei dem Anblick. Alejandro, Santos und Levi sitzen auf der Couch, sie alle tragen schwarze Anzughosen, Hemden und Levi auch ein Jackett. Daneben stehen ihr Vater, Ignacio und Rehan, auch sie tragen Anzüge, Adrian, Roman, Suerte und Santos stehen direkt vor der Treppe, Santos und Roman tragen nur Anzughosen und schwarze Shirts, aber sie alle sehen gut aus, gut und verdammt gefährlich und das auch ohne die Waffen, die alle bei sich tragen.

Aber auch sie alle sehen zu ihr und Levi pfeift durch die Zähne. »Scheiße Mann, die Sombras haben echt die hübschesten Frauen.« Santos lacht und hält Belinda seine Hand hin, Belinda spürt, dass sie rot wird, als sie die Hand ihres Bruders nimmt und er ihr wie ein wahrer Gentleman den Rest der Treppe hinabhilft. »Na dann, lass uns denen allen klarmachen, dass niemand in ihre Nähe kommen darf!«

Draußen warten noch vier Männer, die auch mitkommen, insgesamt verteilen sie sich auf vier Autos. Belinda steigt mit ihrem Vater bei Alejandro und Rehan mit ein, Santos setzt sich zu ihr. Belinda schreibt April eine Nachricht, sie hat es gestern nur kurz geschafft, mit ihr zu sprechen und heute auch noch nicht, dabei will sie ihr unbedingt etwas wegen Lewis erzählen. Lewis, all das scheint plötzlich so lange her und so weit weg. Sie halten abrupt, sodass Belinda fast ihr Handy fallen lässt.

»Was ist das?« Nun sieht auch sie, dass mitten auf der Straße ein riesiger brauner Karton mit einer großen roten Schleife steht. Da ihre Familie auf so einem riesigen Gebiet lebt, wird diese Straße eigentlich fast nur von ihrer Familie oder Mitgliedern der Familia benutzt, offenbar wurde das Paket für sie abgestellt. Santos will aussteigen, doch Belinda hält ihn am Arm zurück. »Nein, vielleicht ist das eine Bombe oder irgendetwas gefährliches.« Santos blickt zu seinem Vater, der zu dem Paket starrt. »So etwas habe ich noch nie gesehen, schieß das Ding zur Seite und lasst uns vorbeifahren. Wir haben keine Zeit für so einen Blödsinn.«

Aus den anderen Autos steigen schon Männer aus und gehen auf das Paket zu. »Nein, was ist, wenn da drinnen einer eurer Leute ist oder das ist wirklich ein Geschenk und ihr tötet ein … Hundebaby oder so? Habt ihr nie Thriller gesehen, als eine Familia müsstest ihr so etwas doch mit einplanen.« Belinda meint das vollkommen ernst, doch Santos, ihr Vater und Rehan beginnen zu lachen, doch sie kommen gar nicht dazu, zu antworten oder sonst etwas zu tun, da ist Adrian schon am Paket und reißt genervt die rote Schleife herunter.

Ein ohrenbetäubender Knall lässt alle zusammenschrecken. Santos und ihr Vater springen aus dem Wagen, um zu Adrian zu gelangen, doch sobald sich der Rauch gelegt hat, erkennen sie, dass es keine Bombe war, also vom Geräuschpegel schon, aber vom Himmel fallen Konfetti auf sie nieder. Niemand ist verletzt, auch wenn alle einen gehörigen Schock abbekommen haben. Wütend wischen sich Adrian und die anderen das Konfetti ab, auch Belinda sieht vollkommen schockiert auf einen kleinen Plastikaffen, der im Paket gewesen sein muss. Er fährt hin und her und schlägt auf eine Trommel. »La Familia …. La Familia … La Familia!«

Mit einem kräftigen Tritt schießt Alejandro den Affen auf die Felder. »Alle einsteigen, weiter geht's!«

Santos und ihr Vater sprechen die ganze Fahrt über das, was da gerade passiert ist und Belinda hört angespannt zu. Das Paket muss für sie gewesen sein, doch wer sollte sich so nah an sie herantrauen und was für einen Zweck hatte diese Aktion, außer sie kurz zu erschrecken? »Da erlaubt sich irgendwer einen Scherz, wir sollten dem nicht so viel Aufmerksamkeit schenken. Letztlich einigen sie sich darauf, auch wenn Belinda spürt, dass da mehr hinter steckt, doch sie haben jetzt andere Probleme.

Die Trauerfeier findet auf neutralem Boden statt. Sie halten an einer wunderschönen alten Kirche, auf deren Grundstück einige Tische mit Getränken und einem bestimmten Brot bestückt sind, das man hier nach einer Trauerfeier reicht, wenn sie vorbei ist und man sich noch zusammenstellt und über den Toten redet.

Neben den Tischen sind einige Staffeleien mit großen Bildern von Artur aufgestellt und Belinda bekommt sofort eine Gänsehaut, als sie ihn lachend davon herunterblicken sieht. Sie denkt an den Mann, den Camilla vorgefunden hat und kann nicht glauben, dass dieser lebensfrohe Mann und der tote Mann, den sie vor sich hatten, ein und dieselbe Person ist.

Es ist voll, viele Männer in Anzügen stehen herum, aber keine Frau, erst als Belinda zur Kirche sieht, erkennt sie Camilla, die neben Dante auf den Treppen steht und den Leuten, die in die Kirche gehen, die Hand geben. Camilla trägt ein ähnliches Kleid wie sie und ist neben Belinda die einzige Frau hier. Dante und Vidal stehen neben ihr und Belinda schluckt schwer. Vidal sieht einfach zu gut aus in seinem Anzug. Er hat eine schwarze Hose und ein schwarzes Jackett an, das weiße Hemd ist aber nicht ganz so streng zugeknöpft und bis hierher kann sie seine dunklen, wütenden Augen erkennen.

»Alles okay? Lass uns aussteigen!« Sie halten mit ihren Autos, sofort fallen viele Blicke zu ihnen. »Wer sind die alle?« Santos schnalzt die Zunge und winkt ab. »Die am Eingang der Treppe sind die Anführer der Los Puentes, sie begrüßen alle, da es ja jemand aus ihrer Familia ist, der ermordet wurde. Die anderen sind alles Anführer anderer Familias. Es müssten heute aus allen Familias Puerto Ricos welche da sein.« Belinda sieht, dass Alejandro und die anderen aussteigen und Alejandro zu ihrem Auto kommt. Auch ihr Vater steigt jetzt mit Rehan aus. »Ist das immer so?« Santos ist auch schon halb aus dem Auto. »Nur wenn jemand ermordet wird, das Abkommen besagt, dass sich dann alle Anführer der

Familias treffen aus Respekt und somit zeigen, dass sie mit der Ermordung nichts zu tun haben. Als hätten diejenigen, die dafür verantwortlich sind, die Eier in der Hose, diesem Treffen fernzubleiben. Für uns ist das Wichtigste, dass du mit uns gesehen wirst, also komm jetzt.«

Alejandro öffnet ihre Autotür und hält ihr die Hand hin, damit sie mit den Pumps und dem hohen Jeep nicht umknickt. So kalt Alejandro auch oft ihr gegenüber wirkt, wenn es darum geht, sie zu schützen oder da zu sein, ist er auch immer sofort da. »Bleib einfach bei mir!« Ihr Vater stellt sich auf die andere Seite neben sie und rückt sein Jackett in Ordnung. Belinda hat noch nie so viele Blicke auf sich gespürt wie jetzt, als sie mit ihren Brüdern und allen anderen das Gelände der Kirche betreten.

»Warum starren die alle so?« Ihr Vater lächelt matt und legt ihr die Hand auf den Rücken. »Zum einen, weil sie meine wunderhübsche Tochter sehen und zum anderen, weil ich normalweise niemals herkommen würde.« Belinda kann nichts mehr sagen, sie sind schon an den Kirchentreppen angekommen, immer wieder nicken ihnen Männer zu, die ihrem Vater etwas wie »Ramiro, schön dich zu sehen, lass uns später über ein neues Geschäft reden, was ich aufgebaut habe«, oder »Ramiro, nimm dir später bitte nochmal zwei Minuten« zurufen.

Ihr Vater ignoriert all das, vor ihr gehen Santos, Ponce, Levi und Suerte schon an den Los Puentes vorbei, auch wenn sie einige Worte wechseln, ist sich Belinda absolut sicher, dass keiner von ihnen diese Situation besonders toll findet. Belindas Herz schlägt immer schneller, sie gehen an einigen Leuten vorbei, die Belinda kennt, Benito lächelt sie an und sie lächelt zurück und dann stehen sie plötzlich vor Dante, Camilla, Vidal und Elian. Belinda sieht Vidal in die Augen und auch er blickt zu ihr, aber nur für eine Millisekunde, dann sieht er zu ihrem Vater. »Ramiro, was für eine Überraschung, dich hier zu sehen, hätten wir das gewusst, wäre mein Vater sicher auch gerne hier gewesen.«

134

Ihr Vater bleibt ganz ruhig, will auch etwas sagen, bevor er aber dazu kommt, sieht Belinda zu Camilla, die sie anstrahlt und beide nehmen sich in die Arme. »Oh, ich habe dich richtig vermisst, Süße. Wir müssen uns unbedingt früher treffen, um noch Farbe zu bekommen, die Bauarbeiter sind noch nicht einmal zum Streichen gekommen.« Belinda küsst Camillas Wange und nickt. »Okay, machen wir ...« Sie will noch etwas sagen, doch sieht, wie Elian sich das Lachen verkneift, während Dante, Vidal und ihre Brüder sie wütend anblicken.

»Habt ihr sie nicht darüber informiert, was zwischen unseren Familias ist?« Alejandro wendet sich an Dante, er weiß ja, dass die zusammen sind ... falls sie das nun offiziell sind, Belinda muss sich von Camilla auf den neuesten Stand bringen lassen. »Doch, haben wir, eure Schwester scheint ja auch nicht gerade beeindruckt von unserer Feindschaft.« Belinda sieht zwischen allen hin und her und auch Vidal in die Augen. Er ist wieder vollkommen emotionslos, blickt sie aber an.

»Wir wissen das und respektieren es auch, aber Camilla und ich sind befreundet und wir kümmern uns ab Montag wieder um das Café, wir haben damit doch nichts zu tun.« Camilla nickt und sieht zu Dante. »Absolut, ich bin keine Puentes und mir ist es vollkommen egal, zu welcher Familia Belinda gehört.« Elian lacht. »Das kann ja heiter werden.« Es staut sich hinter ihnen und ihr Vater sieht sie verständnisvoll an, er wird wissen, dass er Belinda die Freundschaft zu Camilla nicht verbieten kann oder dass sie im Café hilft. »Wir reden später darüber. Lass uns erst einmal reingehen. Sag auch deinem Vater mein Beileid und dass unsere Familia euren Schmerz nachempfinden kann.« Noch einmal wendet er sich kurz an Vidal, doch die Worte waren so heruntergerattert, dass auch Belinda genau weiß, dass sie alle das auf solchen Feiern sagen und es nicht ernst gemeint ist.

Sie wollen in die Kirche, da lehnt ein Mann entspannt an der Wand und grinst ihnen entgegen. »Alejandro, dein Bruder scheint mich nicht wirklich erkannt zu haben, er ist einfach weitergegangen.« Belinda, die noch immer neben Alejandro läuft, spürt, wie dieser sich komplett anspannt, nicht einmal bei Vidal war er so angespannt.

»Nacho, ich schätze mal, mein Bruder hat sich abgewöhnt, mit Kakerlaken wie dir zu sprechen.« Nacho, das ist doch der Kerl, der mal Santos bester Freund war, dann etwas mit dieser Lilly hatte und dann zu den Los Puentes gewechselt ist. Er ist ein total schmieriger Kerl, seine Haare triefen vor Fett, wie konnte diese hübsche Lilly nur so etwas tun? Belinda ermahnt sich selbst, sie kennt nicht ihre Sicht der Dinge und sollte nicht vorschnell urteilen.

»Ach, und das ist also eure hübsche Schwester, sie hat ja wirklich Ähnlichkeiten mit dir und so hübsch, willst du uns nicht vorstellen?« Ramiro geht an Nacho vorbei, ohne ihn eines Blickes zu würdigen und nimmt Belinda mit, doch sie hört noch Alejandros Drohungen, er solle es nicht wagen, einen Schritt zu nah an Belinda heranzutreten. Belinda spürt Vidals Blick im Nacken und bekommt eine Gänsehaut.

Sie dreht sich noch einmal um und sieht ihm in die Augen und plötzlich wünschte sie, sie wäre zurück in seinen Armen, in dem Auto und abgeschottet von allem anderen, doch als er wegsieht und die nächsten Leute begrüßt, spürt sie wieder die Hand ihres Vaters an ihrem Rücken und schluckt schwer, als sie sieht, wie voll die Kirche ist und dass jeder, wirklich jeder einzelne sich zu ihnen umdreht und sie anstarrt.

Alejandro tritt wieder neben sie und Belinda atmet tief ein. Das kann ja was werden.

Kapitel 12

Belinda kennt kaum jemanden der hier anwesenden Männer und es sind wirklich neben Camilla und ihr nur Männer da, die Familie wird sich schon bei der richtigen Beerdigung von ihm verabschiedet haben. Ihr Vater und Alejandro allerdings nicken fast jedem zu, auch hinter und vor ihr kennen die Männer aus ihrer Familie fast jeden hier. Sie setzen sich in die Mitte der Kirche, verteilt auf zwei Seiten, neben ihr sitzen, wie auch schon auf dem Weg, Alejandro und ihr Vater.

Sie fragt sich, was genau das eigentlich werden soll, die Beerdigung fand schon statt, vorn steht nur wieder ein großes Bild auf einer Leinwand, vor dem viele Blumengestecke platziert sind. Adrian geht auch nach vorn und hat einen Kranz bei sich, den er zu den anderen vor das Bild legt. Belinda hatte gar nicht mitbekommen, dass sie auch einen dabei haben, allerdings war sie auch viel zu nervös, um sich auf sehr viel zu konzentrieren.

»Das ist nett, dass ihr trotz allem so eine nette Geste hinterlasst.« Belinda beugt sich zu Alejandro, der sich genervt zurückgelehnt hat und ihr nun belustigt in die Augen sieht. »Das ist keine nette Geste, an den Karten wird nach der Feier genau erkannt, welche Familia da war und welche sich nicht getraut hat.« Belinda schüttelt leicht den Kopf und Alejandro lacht leise, da treten mehrere Männer zu ihnen und begrüßen sie.

Die Männer scheinen einer anderen Familia anzugehören und man hört genau heraus, wieviel Respekt sie vor ihrem Vater und Alejandro haben. Sie sehen kurz zu Belinda und gratulieren Ramiro, dass er seine Tochter gefunden hat und er dazu auch noch so eine hübsche Tochter hat. Im gleichen Atemzug versichern sie, dass es sich schon durch ganz Puerto Rico herumgesprochen hat und sie niemanden kennen, der es wagen würde, Belinda irgendetwas Böses anhaben zu wollen.

Belinda hält sich komplett aus diesen Gesprächen heraus, auch wenn es im Grunde um sie geht, doch auch wenn sie hier ist, genau zwischen den Personen sitzt und an dieser Feier teilnimmt, kommt ihr all das noch viel zu fremd und falsch vor. Es ist, als würde sie sich einige Dinge aus diesem Leben hier in Puerto Rico herauspicken, die ihr wichtig sind und die sie genießt, wie die Nähe zu Vidal oder die Beziehung zu ihrem Vater und ihren Brüdern, die sie versucht haben aufzubauen, alles andere lässt sie aber nicht zu und nicht an sich heran, ignoriert es, doch sie spürt genau, dass dies auf Dauer nicht machbar sein wird.

Die Männer unterbrechen ihre Unterhaltung erst, als die Türen der Kirche geschlossen werden und ein Priester auf das Podest tritt. Er erzählt etwas von Arturs Leben, dann etwas über das Leben und den Tod im Allgemeinen, und Belinda ist wieder einmal verblüfft. Es ist totenstill in der Kirche, alle anwesenden Männer haben den Kopf gesenkt, manche sogar die Augen geschlossen und lauschen den Worten des Mannes der Kirche.

Sie war nie besonders gläubig, sie glaubt schon an Gott, aber sie waren eher selten in der Kirche. Dass jetzt all diese Männer, die so gefährlich sind, die Geschäfte machen, die sie sicher nicht einmal alle erahnt, die sicherlich schon getötet haben und die alles andere als ein gottesfürchtiges Leben führen, nun so still und respektvoll den Worten des Mannes lauschen, verblüfft sie. Ebenso, als sie alle aufstehen und das Vaterunser sprechen, es ertönt ein gemeinsames Amen.

Belinda erkennt die ganzen Los Puentes in den vorderen Reihen, sie kann es nicht lassen, immer wieder zu Vidal zu blicken, sollte das hier wirklich das letzte Mal sein, dass sie ihn sehen wird? Kann sie überhaupt etwas anderes von ihm erwarten, nachdem sie jetzt genau weiß, was für einen Krieg es hervorrufen könnte, wenn jemand herausbekommt, dass etwas zwischen Vidal und ihr ist? Sie weiß ja nicht einmal, ob das was zwischen ihnen war, überhaupt zu mehr geworden wäre, selbst wenn sie keine Sombras wäre. So viel zu riskieren für etwas, was man nicht weiß oder einschätzen kann, ist schon sehr gewagt und dumm, sie weiß das. Belinda ist nie jemand gewesen, die sich falsche Illusionen gemacht hat, trotzdem kann sie es nicht lassen, immer wieder zu ihm zu sehen.

Nach und nach verlassen alle die Kirche nach dem gemeinsamen Gebet, Belinda sieht Vidal noch vorn am Altar stehen und viele Männer, die ihm die Hand schütteln, doch sie begleitet ihren Vater und Alejandro nach draußen. Alle verteilen sich im Garten der Kirche und ihr Vater und Alejandro werden regelrecht umzingelt von Männern, die etwas mit ihnen besprechen möchten. Belinda bleibt deswegen bei Adrian und Suerte, sie sieht sich immer wieder um, doch auch, wenn sonst alle die Kirche verlassen, selbst Benito, Dante und alle anderen der Los Puentes, findet sie Vidal nicht.

Sie blickt sich immer wieder um, doch sie kann auch nicht einfach verschwinden und ihn suchen. Wieder einmal, wie so oft in ihrem Leben, ist es April, die ihr hilft. Ihre beste Freundin ruft an und Belinda nimmt an, sie deutet Adrian an, etwas weiter weg zu gehen, um besser verstehen zu können, und da sich in dem Moment auch irgendwelche Männer an die beiden wenden, nickt er nur und Belinda geht ein Stück von allem weg.

Sie erzählt April ein klein wenig von gestern und diese sagt ihr, dass sie sie später unbedingt anrufen muss wegen Lewis. Belinda verspricht es und legt schnell auf, während sie durch einen Seiteneingang zurück in die Kirche geht, die komplett leer ist. Fast hätte sie Vidal übersehen, doch dann sieht sie, dass er an der Seite vor vielen brennenden roten Kerzen steht, sich bekreuzigt und selbst eine anzündet.

Sie sind ganz allein in der Kirche, also fasst Belinda all ihren Mut zusammen und geht zu ihm. Vidal bewegt sich nicht, als würde er sie nicht bemerken, doch Belinda weiß, dass er das tut. Sie stellt sich neben ihn und zündet ebenfalls eine Kerze an, dann sieht sie ihn an und erkennt wirkliche Trauer, er trauert um Artur. »Es tut mir leid, dass ihr ihn verloren habt.« Vidal sieht weiter stur auf die Kerzen, in diesem Schimmer sieht er für Belinda noch viel schöner aus, als er es sonst sowieso schon tut.

»Ich habe die Blicke von Suerte auf dir gesehen.« Belinda stockt, doch noch immer sieht Vidal nicht zu ihr, sondern in die Kerzenstrahlen. Soll sie es abstreiten? Es wäre unsinnig, auch wenn sie es versucht auszublenden, ist es schwer zu übersehen, dass sie Suerte zu gefallen scheint, doch Belinda hätte nicht gedacht, dass es Vidal so schnell auffallen würde. Bevor sie aber etwas sagen kann, wendet sich Vidal endlich zu ihr.

Sie liebt es, ihm in diesem schummrigen Licht in die Augen zu blicken und auch er sieht sie ganz anders an, ganz anders als letztens in der Hütte. »Es ist nicht so, dass ich dich nicht mehr wollen würde, Belinda, wie du jetzt aber verstehst, geht es nicht. Doch zwischen nicht wollen und nicht können liegt ein großer Unterschied, ich möchte, dass du das weißt.«

Belinda schluckt schwer, sie hätte mit allem gerechnet, aber nicht damit, auch wenn seine Worte ihr etwas ganz anderes gesagt haben, tritt sie näher zu ihm. »Es ist auch nicht so, als wenn ich Suerte oder sonst einen anderen Mann wollen würde.«

Vidal küsst sie.

Wie gefährlich und wie unvernünftig es sein mag, Belinda schließt die Augen und seufzt zufrieden auf, als sie Vidals Lippen wieder verlangend auf ihren spürt. Seine Hand umfasst ihre Schenkel und noch während er ihren Kuss intensiver werden lässt, stößt er eine schmale Tür neben sich auf und bringt sie in einen kleinen Gang, in dem sich Toilettenräume befinden und eine Treppe nach oben führt.

Man hört die Männer draußen vor dem Fenster, doch all das interessiert sie jetzt nicht. Belinda schmiegt sich an Vidal, ihre Beine umklammern ihn, während er sie sehnsüchtig küsst und seine Finger ihre Beine entlangfahren. Er drückt sie an die Wand und es könnte kein Blatt mehr zwischen sie passen, trotzdem ist es Belinda noch nicht genug, was sie von Vidal bekommt.

Er löst den Kuss und küsst ihre Wange, ihre Nase, ihre Stirn. »Das hat mir gefehlt.« Belinda ist noch ganz außer Atem und leise, und Vidal küsst ihren Hals entlang, während sie ihre Nase an seinen Hals vergräbt, um seinen Geruch so intensiv wie nur möglich in sich aufzunehmen. »Ehrlich gesagt, hast du mir auch gefehlt.« Belinda seufzt zufrieden auf, als er ihre empfindliche Stelle am Ohrläppchen trifft. Sie hätte nicht damit gerechnet, Vidal noch einmal so nah zu kommen. Seine Hand wandert an ihren Po und ihre Lippen vereinen sich wieder, als sie etwas lautere Stimmen hört. »Wo ist Belinda?« Alejandro sucht sie, Belinda sieht sich schnell um und Vidal seufzt genervt auf.

Sie nickt zur Toilette und verschwindet darin, als sich die Tür hinter ihr schließt, atmet sie tief ein. Ihr Herz schlägt ihr bis zum Hals, die Nähe von Vidal hat sie wieder berauscht, und die Gefahr erwischt zu werden, pocht in ihren Ohren, es gibt dem ganzen noch einen ganz anderen Rausch. Sie sieht schnell in den Spiegel und tritt dann nach draußen.

Vidal steht vor dem Bild von Artur und sammelt die Karten von den Kränzen und Blumengestecken ein, Alejandro muss auch gerade erst die Kirche betreten haben und sieht ihr entgegen. »Wo warst du?« Belinda deutet nach hinten. »Auf der Toilette, wieso?« Ihr Bruder sieht hinter ihr und nickt dann. »Wir fahren gleich.« Vidal beachtet sie beide gar nicht, doch dann zögert Alejandro und tritt nach vorn zu Vidal.

Belinda wird nervös, sie denkt an all die Geschichten und den Hass, der zwischen den beiden unübersehbar herrscht, auch Vidal wendet sich etwas verwundert zu ihrem Bruder um, deswegen bleibt Belinda neben Alejandro, auch wenn sie bezweifelt, im Notfall etwas verhindern zu können.

»Ist jemand nicht erschienen?« Alejandro nickt leicht zu den Karten in Vidals Hand und der zuckt die Schultern. »Wir müssen das nachher noch einmal durchgehen, aber du glaubst doch nicht im Ernst, dass die Familia, die den Auftrag gegeben hat und die jetzt hinter Camilla und deiner Schwester her sind, wirklich so auffällig wären und nicht auftauchen würden? Ich wette, wir beide haben denen heute schon die Hand gegeben.«

Alejandro nickt und sieht sich in der Kirche um, dann erzählt er Vidal von dem Paket, was sie vorhin kurz vor dem Grundstück der Sombras gefunden haben. Es gäbe sicherlich viele, die über das Konfetti und den Affen lachen würden, aber Vidal hört genau zu und sein Gesichtsausdruck wird mit jedem Wort ernster. »Es ist schwer vorstellbar, dass jemand, der so verrückt ist, sich mit uns anzulegen, auch noch so wahnsinnig ist, es bei euch auch zu versuchen.« Santos betritt die Kirche und kommt langsam zu ihnen. Seinem Gesichtsausdruck nach zu schließen ist es ein sehr ungewöhnliches Bild, Alejandro und Vidal miteinander reden zu sehen.

»Kann sein, dass es verrückt ist, es ist aber nicht auszuschließen.« Vidal nickt und erzählt, dass sie herausbekommen haben, dass der Mann, der Artur ermordet hat, einige Wochen bei ihnen als Gärtner gearbeitet hat. Alejandro erklärt, dass er sofort alle Angestellten genau überprüfen lässt. »Warum ich eigentlich zu dir komme, meine Schwester möchte am Hafen in dem Café alles wieder herrichten, genau wie eure … Camilla. Es wird jetzt immer jemand aus unserer Familia da sein und ein Auge darauf haben, da es neutraler Boden ist und ihr Camilla sicherlich auch nicht allein dort arbeiten lassen werdet, hoffe ich, dass trotz allem jedem klar ist, dass eure Familia einen weiten Bogen um Belinda zu machen hat, ich denke, du erinnerst dich, wieso wir genau die Frauen unserer Familia davor schützen.«

Vidal lacht leise und gehässig auf und sieht einen Augenblick zu Belinda, der immer schlechter wird. Auch wenn Vidal und Alejandro einigermaßen normal miteinander reden, ist die Abneigung und der Hass deutlich aus jedem einzelnen Wort herauszuhören. Der Hass sitzt viel tiefer, als Belinda es vermutet hätte, sie blickt Vidal fast schon flehend an, keinen Streit anzufangen und er sieht zu ihrem Bruder. »Natürlich wissen wir das, genauso gut wie ihr wisst, was unseren Frauen angetan wurde. Natürlich wird Camilla von uns geschützt sein, doch ich bezweifle, dass das Probleme geben wird, haltet euch einfach an die Regeln und wir tun das auch!« Er sieht noch einmal zu Belinda, als hätte er auch ihr damit eine Antwort gegeben, doch bevor Alejandro noch etwas erwidern kann, ist Santos bei ihnen.

»Ich möchte ja euer Plauderstündchen nicht unterbrechen, aber wenn ich noch eine Minute länger hier bleibe, breche ich alle Regeln und verpasse Nacho die Kugel, die er schon von Anfang an verdient hat.«

Alejandro nickt und Vidal grinst gut gelaunt, während sie die Kirche verlassen und zusammen mit allen anderen zurück zu den Autos gehen. Belindas Lippen brennen noch immer von Vidals Küssen, doch sein Blick und seine Worte lassen ein ungutes Gefühl in ihr aufkommen und sich extrem unsicher in den Wagen setzen und davonfahren.

»Also stimmt es wirklich, Lilly ist zurück?« Santos nickt nur kurz, er hat nicht vor, mit Ponce und Levi über Lilly zu sprechen, doch er musste direkt nach der Feier zu ihrem Laden fahren, in Santos brodelt es noch nach dem Aufeinandertreffen mit Nacho und seinen bissigen Kommentaren. Sie hat damals alles kaputt gemacht und wie lange es auch her ist, es bringt Santos bis heute sofort von null auf zweihundert.

»Redet ihr wieder miteinander?« Auch Levi wirkt unsicher, alle umgehen das Thema Lilly ihm gegenüber und sofort wird Santos noch wütender, als wäre sie so etwas wie eine offene Wunde für ihn, sie macht ihn sauer, mehr nicht. »Nein, ich bin gleich wieder da!«

Santos steigt aus und geht in den Laden. Wie oft war er früher hier? Irgendwie gehört dieser Laden zu seinem Leben, er hat Lilly fast täglich hier abgeholt. Als sie älter waren und Lilly allein auf den Laden aufpassen musste, haben sie immer im Hinterzimmer rumgemacht. Er war immer mit ihr zusammen, sie waren eins, er hätte alles für sie getan und es hat ihn wirklich getroffen, sie mit Nacho zu erwischen.

Sobald Santos den Laden betritt, entdeckt er Lilly, sie steht hinter der Kasse und geht einige Papiere durch. Der Laden ist ziemlich heruntergekommen, vor einem halben Jahr war er das letzte Mal hier. Hin und wieder hat er Lillys Mutter besucht, sie kann ja nichts dafür, was zwischen ihnen passiert ist, da war noch alles aufgefüllter, es gab täglich frischen Kuchen und Brötchen, die Vitrinen sind leer, nur das Nötigste ist da und es wirkt nicht so, als würden die Regale aufgefüllt werden.

Nun hat Lilly ihn entdeckt und sieht ihn aus ihren schönen Augen an. Santos kam es immer vor, als würde er in den Himmel sehen, wenn er ihr in die Augen gesehen hat, es gibt wirklich nichts an ihr, was er nicht geliebt hat, für ihn ist und war sie immer die perfekte Frau. Es gibt in seinen Augen keine schönere als sie, doch das ändert nichts, aber auch rein gar nichts.

»Bist du hier, um wieder Streit zu beginnen, dann lass es gleich bleiben, ich bin zu müde dafür!« Sie sieht wieder auf die Blätter und beinahe hätte Santos losgelacht, er hat genau gesehen, wie sie sein Outfit und ihn kurz gemustert hat, sie hat es früher immer gemocht, wenn er sich feiner angezogen hat.

»Nein, ich brauche ein paar Sachen, dafür ist der Laden doch da, oder etwa nicht?« Lilly seufzt nur leise auf und ignoriert ihn gekonnt. Das hat sie früher schon gern gemacht, wenn sie sich mal gestritten hatten, was selten vorkam, wenn, dann war es aber immer heftig. Santos wusste aber immer genau, wie er sie wieder beruhigen konnte. Es fühlt sich so an, als wären diese Zeiten ewig her.

Er holt einen Sechserpack mit Bier, einige Chipstüten und legt alles zu Lilly an die Kasse. Es fällt ihm schwer, nicht auf ihre schönen, schlanken Finger zu sehen, die ihn immer so zärtlich gestreichelt haben, ihre schönen vollen Lippen zu ignorieren, an denen er so gern geknabbert hat, und als er seinen Blick schweifen lässt und ihr Dekolleté entlangfährt, weiß er noch genau, wie cremig sie aussehen. Er war der erste Mann, der sie angefasst und überall geküsst hat, er war bei fast allem was Lilly betrifft der erste und wieder kocht diese Wut in ihm hoch. »Ich habe gerade Nacho auf einer Trauerfeier getroffen, ich habe erwähnt, dass du wieder da bist und er hat sich gefreut, so könnt ihr vielleicht beenden, bei was ich euch das letzte Mal gestört habe.«

Nun hat er Lillys volle Aufmerksamkeit. Sofort verändert sich ihr Gesichtsausdruck. Herrgott, er kennt diese Frau in- und auswendig, als sie ihre schönen Augen zusammenkneift, würde er am liebsten losgrinsen, doch er kann es nicht, er ist zu wütend und sieht sie emotionslos an. »Ist das dein Ernst, Santos? Nach all der Zeit ist das noch immer dein größtes Problem?«

Er will etwas sagen, doch sie schiebt die Papiere in einen Ordner und packt ihm die Sachen in eine Tüte und kommt ihm zuvor. Seit wann kümmert sie sich eigentlich um den Papierkram, sie hat das doch schon immer über alles gehasst? »Weißt du was, vor zwei Jahren hätten mich deine Worte noch verletzt, ich hätte mich schuldig gefühlt, doch diese Zeit ist vorbei! Du hattest ständig irgendwelche Weiber neben mir und hast nie daran gedacht, wie es mir dabei geht, nur weil du dich nie für eine richtige Beziehung entscheiden konntest. Dann mache ich einmal etwas mit jemand anderem und du tickst so aus? Komm darüber hinweg oder auch nicht, ist mir egal, wir schließen jetzt!«

Santos knallt einen Geldschein auf den Tresen und nimmt die Tüte. »Mit irgendwelchen Weibern, Lilly, das ist ein gewaltiger Unterschied dazu, dass du mit meinem besten Freund rumgemacht hast.« Lilly lacht leise auf, Santos hätte nicht herkommen sollen, er geht wütend in Richtung Ausgang des Ladens, doch Lilly folgt ihm. »Dein bester Freund? Komm schon, er ist dir doch bei der erstbesten Gelegenheit in den Rücken gefallen. Das war einmal, einmal hast du diesen Schmerz empfunden, den ich jedes Mal ertragen habe und kannst bis heute nicht damit umgehen, dann kannst du ja erahnen, wie es mir ging.«

Santos verlässt den Laden und sieht, dass Levi und Ponce gegen den Wagen lehnen, als sie Lilly erblicken, heben sie die Hand und auch sie lächelt. Jeder hat Lilly geliebt, sie halten sich nur seinetwegen so zurück. »Es ist mir egal, ob er mich hintergangen hat, aber nicht, dass du es getan hast. Du hast alles kaputt gemacht, Lilly, alles!« Sie lacht bitter auf und schüttelt den Kopf. »Hätte dir das zwischen uns so viel bedeutet, wärst du gar nicht bei anderen Weibern gewesen, sodass ich mit Nacho auf der Liege gelandet wäre und all das passieren konnte, denk mal darüber nach, anstatt noch immer alle anderen dafür verantwortlich zu machen.« Sie hebt noch einmal die Hand zu seinem Bruder und seinem Cousin und schließt dann die Tür vor Santos Nase zu.

Dachte Santos, es würde ihn beruhigen, falsch gedacht, noch wütender als vorher kehrt er zum Auto zurück und drückt das Bier und die Chips Levi in die Hand, bevor sie alle einsteigen. »Willst du …?« Ponce startet das Auto und setzt an, etwas zu sagen, doch Santos schüttelt nur den Kopf. »Lass uns einfach hier verschwinden.« Sein Herz schnürt sich zu und in einer Sache hatte Lilly absolut recht, er ist noch nicht darüber hinweg, über nichts, was Lilly betrifft.

Kapitel 13

»Was genau ist das hier?« Belinda sieht durch die faszinierenden Felsen mitten in der Wildnis Puerto Ricos auf vollkommen unberührte Natur. Sogar ein Wasserfall ist zu erkennen. Sie stehen in einer Höhle und haben einen fantastischen Ausblick. »Cueva Ventana, einer der Lieblingsorte deiner Mutter in Puerto Rico.« Belinda blickt auf die Landschaft.

Ihr Vater war heute früh mit ihr frühstücken und wollte noch etwas mit ihr unternehmen, bevor sie zum Hafen fährt und sich um das Casita kümmert. »Wart ihr oft hier?« Ihr Vater nickt und tritt zu ihr.

»Deine Mutter hat mir immer gefehlt, jeden Tag. Ich denke mittlerweile, dass man es nach einer gewissen Zeit einfach lernt, ohne einen Menschen zu leben und auch damit zu leben, wie sehr man diesen Menschen vermisst. Dieses Gefühl hat mich immer begleitet, all die Jahre, doch ich habe es gelernt zu akzeptieren, ich hatte keine andere Wahl. Seit du hier bist, fehlt sie mir wieder stärker. Ich hätte sie gerne noch einmal gesehen.«

Ihr Vater spricht leise und Belinda erkennt den Schmerz hinter seinen Worten. Es passt so gar nicht zu dem großen, starken Mann, der ihr Vater in jedem Fall ist, so verletzbar zu wirken. »Es tut mir leid, dass ich alte Wunden wieder aufgerissen habe.« Ihr Vater lächelt und legt den Arm um sie. »Du hast sie sogar komplett geheilt. Ich habe mich immer gefragt, wieso sie gegangen ist, doch jetzt verstehe ich es und weiß, dass sie richtig gehandelt hat. Ich habe dir schon mal versucht zu erklären, dass du für mich die starke Liebe zwischen deiner Mutter und mir widerspiegelst. Du bist das, was wir waren. Seit du mich gefunden hast, danke ich Gott jeden Tag dafür.«

Belinda lächelt. »Ich frage mich, was wohl passiert wäre, wenn meine Mutter nicht gegangen wäre und wir bei dir in Puerto Rico geblieben wären.« Ramiro lächelt matt. »Natürlich wäre ich der glücklichste Mann der Welt gewesen, doch deine Mutter hat richtig gehandelt. Vielleicht wäre auch ihr etwas passiert, wie so vielen Frauen in unserer Familie. Oder jemand hätte dich irgendwie in Gefahr gebracht. Es ist in dieser Zeit sehr viel Unglück passiert, die Frauen, die getöteten Männer, die verstoßenen Kinder, nein, es war richtig, dass sie dir ein ruhiges, friedliches Leben geboten hat.«

Belinda lacht leise. »Was sind die verstoßenen Kinder? Und mein Leben bisher war sehr … normal und einfach. Ich habe hier in Puerto Rico in den knapp vier Wochen schon so viel erlebt …« Ihr Vater runzelt etwas die Stirn, doch lächelt dann matt. »Manchmal ist einfach genau das Richtige.« Belinda lächelt und legt ihren Kopf an seine Schulter, er ignoriert die Frage nach den verstoßenen Kindern, für Belinda ist es in Ordnung. Sie genießt die Nähe zu ihrem Vater und sie kommen sich immer näher. »Das hat Mama auch immer gesagt.« Er lacht leise. »Sie fehlt mir!« Belinda schluckt schwer und sieht in den Himmel. »Mir auch.«

Kurz schweigen beide, dann räuspert sich ihr Vater. »Jetzt haben wir aber uns. Ich traue mich kaum zu fragen, ich hoffe, du weißt, dass deine Brüder und ich gerne möchten, dass du bei uns bleibst, hier lebst, mit uns. Ich weiß, es ist viel verlangt, aber ich hoffe, du denkst darüber nach.«

Belinda sieht auf die Landschaft vor sich. »Ich werde hierblieben, bis das Café wieder hergestellt ist, ich weiß auch noch nicht, wie es dann weitergeht. Ich habe zur Zeit in Portland keine Verpflichtungen, trotzdem habe ich auch, als ich hergekommen bin, nicht damit gerechnet, für immer hierzubleiben. Ich möchte gerne noch mehr Zeit mit dir und auch mit den anderen verbringen, aber ich weiß wirklich nicht, ob das ein für immer bedeutet. Ich kann es mir nicht vorstellen, immerhin würde das auch für mich bedeuten, dass ich immer diesem Risiko ausgesetzt bin, dass etwas passiert, dieses ganze Leben, mit der ständigen Bedrohung, den Waffen, momentan ignoriere ich das einfach, aber ich weiß nicht, ob das auf Dauer geht.«

Ihr Vater lächelt und reicht ihr die Hand, damit sie die Höhle wieder verlassen können und Belinda nicht ausrutscht. Sie trägt nur schwarze Ballerinas, eine kurze schwarze Shorts und ein weites Shirt. »Du erinnerst mich gerade sehr an deine Mutter, lass dir alle Zeit der Welt, aber gib diesem Leben hier auch eine Chance, es ist nicht so schlimm, wie du vielleicht glaubst und du bist jetzt ein Teil von uns.«

Den ganzen Weg zum Hafen muss Belinda daran denken, ist sie das? Schon ein Teil der Familie? So schnell? Sie muss zugeben, es fühlt sich schon beängstigend vertraut an, mit ihrem Vater und ihren Brüdern zusammen zu sein. Selbst bei Alejandro, der noch immer den meisten Abstand zu ihr hält, fühlt sie sich trotzdem wohl in seiner Nähe. Ponce und Santos geben ihr zur Begrüßung und zum Abschied schon jetzt immer genau wie ihr Vater einen Kuss auf die Wange, ja, sie fühlt sich wohl, ob sie aber schon richtig dazugehört, wagt sie zu bezweifeln.

Ihr Vater steigt mit aus, als sie neben dem Casitas halten und wenn Belinda dachte, es sähe mittlerweile besser aus, hat sie sich getäuscht. Bis die Bauarbeiter angefangen haben, haben es sich Obdachlose hier bequem gemacht und eine noch größere Verwüstung angerichtet. Mittlerweile haben die Bauarbeiter den Innenbereich wieder hinbekommen, das Licht funktioniert wieder, die zerbrochenen Möbel und Sachen sind ersetzt und die Wände gestrichen. Aber es ist noch viel zu tun, die Küche muss wieder in Ordnung gebracht werden, alles muss geputzt, außen muss gestrichen und die Terrasse wieder begehbar gemacht werden.

Camilla kommt mit Dante ins Casita und Belinda und sie umarmen sich, Dante lächelt Belinda an und nickt ihrem Vater zu. »Ich muss los, gegenüber steht ein Auto mit zwei unserer Leute, wenn etwas ist, greifen sie sofort ein.« Ramiro deutet auf ein weiteres schwarzes Auto. »Von uns stehen auch einige hier.« Er gibt Belinda einen Kuss auf die Wange. »Ruf an, wenn etwas ist.« Dante gibt Camilla einen Kuss und geht schon hinaus, doch Belinda hält ihren Vater zurück. »Die Männer müssen nicht wegen mir hier stehen, die Armen haben bestimmt Besseres zu tun.« Ihr Vater deutet auf ein großes Containerschiff, was etwas weiter auf dem Meer zu sehen ist. »Es kommt die nächsten Tage eh vermehrt Ware von uns an. Wir haben das bewusst so gelegt, die Männer sind in einer Stunde weg, dann kommen Neue und auch neue Ware, du wirst das kaum merken.«

Er sieht zu Camilla. »Passt trotzdem gut auf euch auf!« Als er weg ist, umarmen sich Camilla und Belinda noch einmal überglücklich. Sie haben sich so viel zu erzählen, sodass sie erst einmal mit den Fenstern beginnen, wo sie nebeneinander arbeiten können. Camilla ist ganz fasziniert von Belindas Vater und den Brüdern, natürlich weiß auch sie mittlerweile alles über die Feindschaft, doch sie freut sich unheimlich für Belinda, dass sie ihre Familie gefunden hat.

Camilla wirkt viel entspannter und ausgeglichener. Als sie Belinda dann erzählt, dass sie es erst einmal aufgegeben hat, gegen die Gefühle für Dante anzukämpfen und die Zeit mit ihm richtig genießt, weiß Belinda auch warum. Sie schwärmt von ihm, genießt die Nähe, die sie teilen, auch wenn er akzeptiert, dass sie nicht weitergehen möchte. Er hat bis heute alle Geschäfte sein lassen und sich um sie gekümmert, heute ist er das erste Mal selbst wieder unterwegs. Als Belinda sie fragt, ob sie sich verliebt hat, bekommt Camilla das schönste Lächeln im Gesicht, was sie je bei ihr gesehen hat und nickt. »Ich denke schon.«

Automatisch kommt das Thema danach auf Vidal und Belinda erzählt ihr von dem Tag in der Hütte und von den heimlichen Küssen in der Kirche. Camilla weiß nur, dass Dante sofort sagt, dass das Thema zwischen Vidal und Belinda vorbei ist, es muss so sein. Sie ist aber überzeugt, dass es für Vidal nicht ganz so eindeutig ist wie für die anderen, jedes Mal wenn Belindas Name fällt, verändert sich sein Blick. Camilla erzählt ihr auch von der jungen Frau auf den Bildern und verspricht, dass sie Dante dazu unauffällig ausfragen wird.

Der Vormittag verfliegt mit all den Neuigkeiten, die sie sich zu erzählen haben, da sie ja im Casitas noch nicht essen können, ziehen sie sich über den Mittag zum Nachbarcafé zurück, wo sie sich weiter unterhalten. Belinda versucht April zu erreichen, sie hat gestern fast drei Stunden mit ihr gesprochen, dieses Mal hat sie ihr wirklich alles erzählt, es ging gar nicht mehr anders, da sie immer wieder nach Vidal gefragt hat, von dem Belinda ja stets so geschwärmt hat.

Also hat sie alles erfahren, von den Familias, dem Mord, wie sie bedroht wurden, wie sie die Familie und ihre Brüder getroffen hat und der Feindschaft. Zu Belindas Erstaunen hat April das alles ziemlich gut verkraftet, was allerdings auch daran liegen könnte, dass sie so weit weg ist und sich das für sie nur wie ein aufregendes Abenteuer anhört. Sie denkt, sie sollte aufpassen, ihre Familie genießen und sich weiter heimlich mit Vidal treffen. So richtig begriffen, was all das bedeutet, hat sie wahrscheinlich nicht, kann sie gar nicht, hätte Belinda von Portland aus auch nicht, doch sie weiß nun alles und Belinda ist damit eine große Last von den Schultern gefallen, wenn auch April so schlechte Neuigkeiten für sie hatte, dass diese Last gleich ersetzt wurde.

Offenbar hat sich Lewis von seiner Hilfe, die er Belinda nach dem Tod ihrer Mutter angeboten hat, doch mehr versprochen und als er jetzt gemerkt hat, dass Belinda nicht vorhat, diese Beziehung zu ihm wieder aufleben zu lassen, zieht er ganz andere Seiten auf. Er hat ihr eine Rechnung von knapp siebentausend Dollar erstellt, für die Arbeit, die er mit den Testamenten, der Einigung mit ihrem alten Chef und einigem mehr hatte.

Mit dieser Rechnung taucht er jetzt immer wieder bei April auf und droht ihr. Belinda hat Lewis sofort angerufen, doch sie hat das Gefühl, das Gespräch hat alles nur schlimmer gemacht. Er will, dass sie diese Schulden bezahlt, wenn nicht, wird er pfänden. Belinda hat auch die Möglichkeit, die Schulden abzuarbeiten. Was denkt sich der Kerl eigentlich?

Belinda hat sauer aufgelegt, was soll er schon pfänden? Sie wird das klären, wenn sie zurück in Portland ist, trotzdem bereitet es ihr Sorgen.

Als sie zurück sind, machen sie weiter sauber, Santos besucht sie und hilft sogar ein wenig, die Außenfassade zu streichen. Belinda und er haben mal Zeit, ein paar Minuten allein zu sprechen und sie fragt ihren hübschen Bruder ein wenig über Lilly aus, zumindest versucht sie es, aber Santos blockiert sofort. Er erwähnt nur, dass sie ihm sehr wichtig war, doch als sie sich jetzt gesehen haben, kam nur Streit dabei heraus und er will auch gar nichts anderes. Belinda spürt, wie verletzt er wegen der Sache mit Lilly ist und belässt es dabei.

Am Nachmittag, als die Bauarbeiter gehen, ist Santos noch auf einem Schiff und prüft etwas, da fahren Dante und Benito vor, um Camilla abzuholen. Trotz all der Feindlichkeiten begrüßen beide sie, wenn auch nicht so freundlich wie davor. Belinda wartet, nachdem sie weg sind, noch auf Santos und kann ihre Enttäuschung kaum verbergen. Vidal wusste doch, dass sie hier ist, wieso ist er nicht wenigstens kurz vorbeigekommen? Sie hätte ihn gern gesehen, bereut er ihre Küsse in der Kirche etwa schon jetzt so sehr?

Belinda hat so ein ungutes Bauchgefühl wegen der Sache mit Lewis und auch wegen Vidal, dass sie sich am Abend auf die Terrasse bei ihrem Vater zurückzieht und nicht auf die kleine Feier im Gemeinschaftsgarten geht. Alena ist bei ihr, zusammen betrachten sie den Sternenhimmel und lauschen dem Lachen und der Musik aus dem Garten.

Alena erzählt, dass ihre Mutter nächste Woche zurückkommt und erwähnt, dass sie hin und wieder eine Auszeit von Puerto Rico nimmt. Da erst fällt Belinda das Gespräch mit ihrem Vater wieder ein und sie fragt Alena, ob sie wüsste, was das mit den verstoßenen Kindern auf sich hat.

Allein die Art, wie Alena sich umsieht, bevor sie antwortet, zeigt Belinda, dass dieses Thema wichtig ist, was sie ihr dann aber erzählt, macht auch sie, nach allem, was sie bereits weiß, sprachlos. »In der Zeit, wo es am schlimmsten war mit den Entführungen der Frauen, sind diese nach den Entführungen manchmal schwanger gewesen.«

Schon da weiß Belinda, dass es böse wird, doch sie will unbedingt mehr erfahren. »Es soll einige Frauen getroffen haben, bei ihnen sind Abtreibungen streng verboten, doch die Frauen wollten diese Kinder nicht, die sie an diese schreckliche Zeit erinnert hätten und die alle nicht gewollt sind, vermischt zwischen zwei Familien, die sich abgrundtief hassen.

Bei dem Abkommen, das geschlossen wurde, wurde auch dieses Thema angesprochen. Diese Babys und Kleinkinder gab es auf beiden Seiten und man hat eine Lösung dafür gefunden. Sie sollen auf eine Insel gebracht worden sein, Puerto Rico hat viele Inseln, die weiter weg sind, aber noch zu Puerto Rico gehören. Auf einer ist ein Nonnenkloster, das gut bezahlt wurde, damit es diese Kinder aufnimmt. Deswegen die verstoßenen Kinder, keiner wollte sie, selbst wenn eine Mutter das Kind wollte, musste sie es abgeben, um die Ehre der Familie nicht zu beschmutzen.«

Alena trifft dieses Thema offenbar besonders. Sie erzählt, dass sie nicht mehr darüber reden sollen, doch viele Frauen sind danach erst recht verrückt geworden, und keiner soll je wieder was von diesen Kindern gehört haben. »Sie müssen alle ungefähr in unserem Alter sein. Es sollen zehn gewesen sein. Die Mutter von Levi hat sich danach das Leben genommen, offenbar hatte auch sie ein Kind unter den verstoßenen Kindern. Unsere Mutter auch, sie leidet bis heute darunter, auch wenn sie nie davon spricht, aber manchmal rutscht ihr etwas raus, ich vermute, dass ich einen Bruder unter den verstoßenen Kindern habe. Bei den Los Puentes auch, die Mutter von diesem Dante ist seitdem wohl in einer Klinik und auch da gibt es einige Kinder, die abgegeben wurden. Schrecklich, oder?«

Belinda fehlen die Worte, sie beide schweigen und sehen den Rest des Abends wieder den Sternen zu, wie sie den Nachthimmel erleuchten. Was alles haben diese Familien mitgemacht und wie sollen sie sich das je verzeihen? Belinda bekommt allein beim Gedanken an diese verstoßenen Kinder eine Gänsehaut.

Was ist aus diesen verstoßenen Kindern geworden?

Lilly fährt genervt zu der Cuidad Sombas, sie kann nicht glauben, dass sie das tut, aber wenn Santos denkt, er kommt damit durch, hat er sich getäuscht. Heute Abend hat er frech angerufen und mehrere Kisten Getränke bestellt. Er weiß genau, dass sie nicht mehr liefern. Schon seit über einem Jahr nicht mehr, nachdem ihre Mutter den Fahrer entlassen musste, doch er hat drauf bestanden, da ja das Schild noch im Schaufenster steht und es somit ja nicht sein Problem sei, wenn sie es sich jetzt anders überlegt haben. Auch wenn Lilly die Getränke eh los werden muss, ist sie stinksauer. Dafür wird er büßen.

Sie kennt die Cuidad Sombras, als sie Puerto Rico verlassen hat, wurde gerade Santos Haus fertiggestellt. Sie haben einiges zusammen ausgesucht, was in sein Haus sollte. »Sieh an, sieh an, da ist ja unsere kleine Lilly wieder. Wie geht es dir?« Lilly küsst aus dem Lieferwagen die Wachen auf die Wange, die meisten der Männer kennt sie schon sehr lange. »Sehr gut, was ist hier heute Abend los?« Sie hört die laute Musik und sieht, wie bunt der Garten beleuchtet ist. »Piero hat Geburtstag, es wird gefeiert, bleibst du?« Lilly lacht und startet den Motor wieder. »Nein, die Zeiten sind vorbei.«

Sie fährt zum Gemeinschaftsgarten, weil sie dort alle erwartet und sie hat recht. Wie schon immer, erwartet sie das gleiche Bild, ein paar Chicas tanzen, einige sind im Pool, die Männer sitzen um Tische herum oder liegen auf den Liegen. Es wird gegrillt und alle haben Spaß. Lilly verdreht die Augen, sie steigt aus und wird hochgehoben. »Sieh mal an, wer nach Hause gefunden hat.« Roman hebt sie hoch, Lilly muss lachen und küsst seine Wangen. »Na, du Grünaugenmonster.« Er hebt den Finger. »Nur du darfst mich so nennen.«

Plötzlich taucht Alejandro hinter ihm auf und auch er küsst sie. »Was machst du denn hier? Weiß Santos, dass du da bist?« Doch sie kommt nicht dazu zu antworten, Santos steht schon hinter seinem älteren Bruder. »Ja, weiß er.« Roman zwinkert ihr noch zu und schon stehen die beiden sich allein gegenüber.

Santos trägt nur eine Schwimmshorts, er ist noch nass, offenbar war er gerade im Pool, hinter ihm tauchen zwei Chicas auf, dunkel, gut gebaut, diese Art von Frau, die Lilly oft genug verzweifeln lassen haben. Aber auch das war einmal, trotzdem kommt sie nicht drum herum zu erkennen, dass Santos noch breiter geworden ist, er scheint sein Sportprogramm wirklich durchzuziehen. Sie blickt auf das L auf seinem Herzen und schüttelt leicht den Kopf. Sie kann sich noch sehr gut erinnern, als er sich das hat stechen lassen. Neben dem Cinco Sombras-Schriftzug am Arm kann sie aber keine neuen Tattoos erkennen.

»Hast du die Getränke dabei?« Lilly öffnet ohne ein weiteres Wort zu verlieren den Laderaum. Santos ruft zwei seiner Männer und zusammen holen sie die Kisten hinten heraus und stapeln sie im Garten. Lilly lehnt sich in der Zeit an die Fahrertür und wartet. »Da scheint ja jemand viel Durst zu haben.« Sie kann sich einen Kommentar nicht verkneifen und Santos hält ein. »Nein, wir haben nur vor, viel zu feiern.« Ponce läuft vorbei und grüßt sie, dabei zieht ihm Santos sein Portemonnaie aus der Tasche und will ihr einen Schein reichen, der bei Weitem reichen würde, doch Lilly schüttelt den Kopf.

»Ich dachte, du hast das Schild gelesen? Da steht drauf, dass wir die Preise zum Liefern verdoppelt haben und dazu kommt noch das Benzingeld und der Nachtzuschlag.« Lilly grinst zufrieden und Santos muss auch lächeln, doch er zieht, ohne zu zögern, mehr Scheine aus dem Portemonnaie und gibt ihr diese.

Lilly sieht ihm in die Augen, knickt die Scheine und steckt sie sich in die Tasche ihrer kurzen Shorts. »Viel Spaß noch auf eurer tollen Feier.« Santos nickt nach hinten. »Ich hätte gedacht, du willst noch bleiben? Ich dachte, nach der letzten Feier bist du richtig auf den Geschmack gekommen?« Er kann es sich nicht verkneifen. Lilly schüttelt den Kopf und steigt wieder ins Auto. »Nein, danke! Im Gegensatz zu dir bin ich darüber hinweg. Grüß Piero von mir.« Sie schließt die Tür und gibt Gas. Als sie zurückblickt und sieht, wie eine der Latinas sich zu Santos stellt und ihre Finger auf seine Brust legt, zieht sich alles in ihr zusammen, natürlich ist sie nicht darüber hinweg, das wird sie sicher auch nie, doch sie wird den Teufel tun und das zugeben.

Noch wütender als sie losgefahren ist, kommt sie zurück zum Laden, nimmt das 'Wir liefern'-Schild aus dem Schaufenster und zerreißt es. Auch wenn sie zurück ist, hat sich vieles geändert und das sollten alle akzeptieren!

Kapitel 14

Belinda hat am dritten Tag, an dem Camilla und sie das Café wieder in Ordnung bringen, kaum noch Hoffnungen, dass Vidal auftaucht. Es ist nicht so, als wäre er verreist oder hätte viel zu tun, sie fragt Camilla immer und die sieht ihn jeden Tag in der Cuidad Puentes. Er fragt auch nicht nach ihr oder verhält sich sonst irgendwie komisch. Wieso hat sich Belinda eingebildet, die heimlichen Küsse in der Kirche hätten etwas verändert? Er hat ihr vielleicht gesagt, dass er sie vermisst, doch er hat nicht gesagt, dass sie ihr Kennenlernen fortführen werden. Wie sollten sie auch, sie hat ja selbst verstanden, wie gefährlich es sein würde, doch sie hat wenigstens nicht gelogen, sie hat die Nähe zu ihm vermisst und tut es wieder.

Zudem nervt sie die Sache mit Lewis immer mehr, er geht bei ihr nicht mehr ans Telefon und hat April gedroht, dass, sollte er Belinda oder das Geld nicht bald sehen, er ihren Laden pfänden würde. Belinda hat keine Ahnung, ob das überhaupt möglich ist, was hat April mit ihren angeblichen Schulden zu tun? Doch sie kennt Lewis und weiß, wie gewieft er ist, deswegen versucht sie noch einmal, mit ihm zu reden, momentan ignoriert er ihre Anrufe aber. Es tut ihr so leid für April, die jetzt solch einen Stress ihretwegen in Portland hat.

Sie versucht wieder, im Büro von Lewis eine Nachricht zu hinterlassen, dabei wischt sie die Farbe von den Küchenanrichten, die noch zu beseitigen ist. Belinda trägt nur ein Top und eine Jeansshorts, sie hat sich einen Zopf gemacht und ist vollkommen ungeschminkt, als sie hört, wie es bei Camilla, die gerade auf der Terrasse das neue Schild vom Casitas befestigen lässt, lauter wird.

Man hat zwar die Anspannung zwischen den Familias gespürt die letzten Tage, aber es hat trotzdem alles gut geklappt. Sie sind sich so gut es ging aus dem Weg gegangen. Belindas Brüder waren immer mal wieder da und ihr Vater hat gestern Mittagessen für sie vorbeigebracht und sogar eine Portion für Camilla mit dabeigehabt. Auch ihre Brüder begrüßen Camilla, sie scheinen es unterscheiden zu können und wissen ja, dass Camilla zwar etwas mit Dante hat, aber nicht zu den Sombras gehört.

Belinda tut es richtig gut, Dante und Camilla zu beobachten, wie verliebt beide sind, wenn Dante sie besucht oder abholt. Beiden ist ihr Glück anzusehen, und wenn man bedenkt, wie strikt Camilla am Anfang gegen näheren Kontakt zu Dante war, hat sich ja bei ihnen auch alles zum Guten geändert.

Belinda verlässt die Küche, um das Telefon an der Bar zurück auf die Station zu bringen, wie immer weigert sich die Sekretärin, eine Nachricht für Lewis aufzunehmen, da er ausdrücklich erklärt hat, dass er Nachrichten von Belinda nur noch persönlich annimmt. Als sie an der Station ankommt, kann sie auf die Terrasse blicken und sieht auf Dante, Vidal und Benito, die bei Camilla stehen und lachen.

Sie knallt das Telefon hin und alle blicken zu ihr, sie nicken ihr zu, aber am liebsten würde Belinda die Augen verdrehen und ihnen mit ihrem Finger zeigen, was sie von ihnen hält. Wieso sind sie so abweisend zu ihr? Sie haben sie doch gemocht und im Gegensatz zu ihrer restlichen Familie hat Belinda ja nun wirklich nichts mit dem Krieg zwischen ihnen zu tun. Sie könnten ja wenigstens, wenn keiner hinsieht, etwas netter sein. Belinda blickt zu Vidal, der allerdings schon längst wieder auf sein Handy sieht und geht enttäuscht in die Küche.

Ja, sie ist jetzt wohl eine Sombras, ja, es herrscht ein tiefer Hass zwischen den Familias, den Belinda auch nachvollziehen kann, doch alle haben sie doch gemocht und mitbekommen, wie sie ihren Vater gesucht hat.

»Alles in Ordnung?« Belinda zuckt zusammen, als plötzlich Vidal hinter ihr in die Küche kommt. Sie dreht sich nur kurz zu ihm um und wischt danach weiter über die Arbeitsflächen. »Ja, natürlich, wieso sollte irgendetwas nicht stimmen?« Sie kann sich ihren gereizten Ton nicht verkneifen. »Okaaaaay, man hört, wie entspannt du bist. Wieso putzt du hier? Habt ihr für so etwas keine Angestellten?« Belinda dreht sich nun doch komplett zu ihm um. Er sieht heute wieder sehr gut aus, er trägt ein weißes Shirt und eine hellblaue Jeans, irgendwie wirkt er fast so, als wäre er gerade erst aufgestanden. Eigentlich ist nichts besonders, doch Belinda findet ihn einfach schön, gleich fällt ihr wieder ein, dass sie heute überhaupt nicht zurechtgemacht ist. Was soll's, ihr Familienname wiegt so viel, da könnte sie vermutlich nackt hier herumspringen und würde nur wütende Blicke ernten.

»Ich mag es zu putzen, es beruhigt mich!« Vidal lehnt sich gegen die Wand und betrachtet sie, Belinda kann seinen Blick auf ihr nicht einschätzen. »Wie gesagt, man merkt, wie entspannt du bist.« Belinda würde am liebsten den Schwamm nach ihm werfen, doch sie beherrscht sich. »Findest du das witzig? Tut mir leid, aber es verletzt mich, wenn ich gerade noch mit euch allen unterwegs war, bei euch zuhause war und jetzt bin ich sogar so ... schlecht, dass man nicht einmal richtig grüßen kann.«

Vidal wird auch wieder ernst. »Ich habe dir das doch erklärt.« Sie nickt und wird leiser. »Ja, hast du, aber kennst du es nicht, dass du etwas zwar verstehst und akzeptierst, aber es dir trotzdem wehtut? Oder du ... ich weiß auch nicht, vergiss es einfach.« Belinda dreht sich um und putzt weiter. »Du solltest doch gar nicht hier bei mir sein, oder? Vielleicht ergibt das einen neuen Krieg ...«

Belinda hat gar nicht gemerkt, wie schnell Vidal plötzlich hinter ihr steht. »Denkst du, ich weiß nicht, wie es ist, genau zu wissen, dass man etwas sein lassen soll, es aber nicht kann? Kannst du dir für eine Stunde hier freinehmen, verschwinden, ohne dass es auffällt?« Belinda bekommt eine Gänsehaut, als Vidal seine Hand auf ihre legt und sie vom Putzen abhält, während er ihr diese Worte ins Ohr flüstert.

»Natürlich kann ich, was soll ...« Vidal lässt ihre Hand los. »Ich fahre jetzt los, genau auf der Grenze zu unserem Gebiet ist ein Motel, hast du das schon mal gesehen?« Belinda nickt. »Ich nehme dort das Zimmer zwölf, parke in der Tiefgarage und komme direkt zu dem Zimmer.« Belinda kann nicht einmal antworten und Vidal ist schon weg.

Das ist es doch, was sie wollte, seine Nähe, wieso zittern ihre Knie dann und ihr Herz schlägt bis zum Anschlag? Wenn da nicht auch von Vidals Seite mehr wäre, würde er dann dieses Risiko eingehen? Er kann jede haben und er riskiert mit diesem Treffen alles. Mit diesem Wissen im Bauch nimmt sie ihre Tasche, geht noch einmal auf die Toilette und tritt dann nach draußen. Eigentlich würde Belinda Camilla direkt die Wahrheit sagen, da aber Dante noch auf der Terrasse sitzt, sieht sie Camilla in die Augen.

»Wir brauchen dringend neue Teller. Ich gehe welche besorgen, bin in ungefähr einer Stunde, spätestens anderthalb wieder da.« Camilla nickt und zieht aber die Augenbrauen hoch, sie weiß, dass das nicht stimmt. Sie haben heute morgen eine Lieferung bekommen, darunter waren auch neue Teller, sie haben sie zusammen eingeräumt. Belinda hat sich sicherheitshalber eine Tüte mit mehreren davon in ihre große Tasche gepackt. Man weiß nie, was kommt. Camilla lächelt, sie weiß Bescheid. »Viel Spaß, Süße.«

Belinda geht zum schwarzen Jeep, der gerade hält und in dem sie drei Männer der Puentes erkennt, Adrian steigt aus und gibt ihr einen Kuss. »Willst du schon nach Hause, wir bekommen hier gleich eine Lieferung?« Belinda kramt ihren Autoschlüssel hervor, sie hat sich angewöhnt, den silbernen BMW zu fahren und keiner hat ihr etwas deswegen gesagt. »Das Casitas ist langsam wieder einsetzbar, ich muss noch einige Teller, Besteck und solchen Kram besorgen, das wird eine oder anderthalb Stunden dauern. Seid ihr dann noch hier?« Adrian sieht auf das Meer, wo er offenbar noch nicht das Schiff entdeckt, auf das er gewartet hat. »Das kann sogar noch etwas länger dauern, melde dich, wenn etwas ist.« Belinda nickt und setzt sich in ihr Auto.

Ihre Brüder hätten sicher mehr gefragt, doch Adrian ist da am lockersten, wo er recht hat, immerhin hat sie die letzten zweiundzwanzig Jahre auch überlebt ohne drei Brüder, die auf sie aufpassen. Belinda muss sich konzentrieren, um den Weg zur Grenze zum Puentes-Gebiet zu finden, doch als sie sie gefunden hat, entdeckt sie auch das Motel. Wie Vidal es gesagt hat, fährt sie ins Parkhaus, sobald ihr Motor ausgeschaltet ist, sieht sie noch einmal in den Spiegel. Sie wünschte, sie hätte sich heute morgen mehr zurechtgemacht, doch nun ist es zu spät. Belinda nimmt ihre Tasche und geht direkt zum Fahrstuhl, der sie in die erste Etage bringt, wo sie am Zimmer zwölf anklopft.

Das Haus wirkt ganz gemütlich, ähnlich wie das Motel, wo sie übernachtet hat, als sie gerade in Puerto Rico angekommen ist. Sie fühlt sich merkwürdig, blickt sich immer wieder um, bis die Tür aufgeht und sie zu Vidal in einen kleinen dunklen Flur tritt. »Hi.« Sie sieht sich um, hinter dem dunklen Flur ist ein großes Zimmer mit einem riesigen Bett, einem großen Fernseher und einer beigefarbenen Couch. Auf einem Tisch stehen Obst und Getränke. Vidal sieht sie an, ist er unsicher? Belinda geht in den Raum und stellt ihre Tasche ab, dann wendet sie sich zu ihm um.

Er hat sein Shirt ausgezogen, der Fernseher läuft, das Bett sieht so aus, als hätte er darauf gelegen. Belinda lehnt sich gegen den Schreibtisch, der unter dem Fernseher steht und sieht Vidal erwartungsvoll an. »Was meintest du gerade eben, dass du mich willst, aber nicht kannst?« Vidal legt sich zurück aufs Bett, Belindas Augen wandern über seinen durchtrainierten Oberkörper, er muss wirklich viel trainieren, um so auszusehen, dazu das LP am Hals, das Kreuz an der Brust, nur das Datum auf seinen Rippen wirkt jetzt, nachdem sie die Bedeutung kennt, ganz anders. Sie sieht hoch in sein Gesicht, er trägt einen leichten Dreitagebart, seine Augen wirken noch ein wenig dunkler als sonst, als er ihr jetzt in die Augen sieht.

»Belinda, für mich ist das Ganze auch nicht leicht. Ich bin kein Mann, der darauf verzichtet, was er möchte. Hätte ich dich einfach als Tochter von Ramiro kennengelernt, wäre das Thema für mich schon längst gegessen, aber ich war doch dabei, als du geweint hast, weil dein Vater dich verletzt hat und ich habe gesehen, wie wichtig es dir ist, eine Familie zu haben. Ich kann nicht mal wirklich wütend darüber sein, dass du Ramiros Tochter bist, weil ich weiß, wieviel es dir bedeutet, endlich deinen Vater gefunden zu haben und ich kann gleichzeitig auch nicht ignorieren, dass, wenn du einen anderen Vater hättest, mich nichts auf der Welt davon abbringen könnte, mit dir Zeit zu verbringen.«

Belinda schluckt leise, sie liebt es, wenn Vidal so offen und ehrlich zu ihr ist und über seine Gefühle spricht, so hart er auch sein mag, er hat auch diese Seite an sich, die Belinda schmelzen lässt. Sie steht auf und setzt sich neben ihn ans Bett. »Aber jetzt gerade geht es doch auch, wir sind, trotz allem was ist, zusammen.« Vidal hebt seine Hand und streicht über ihre Wange. »Ja, aber es ist nicht richtig, mir tut es wirklich leid, dass all das so gekommen ist und ich möchte auf keinen Fall, dass du denkst, mir würde es leicht fallen, doch auch, wenn du es noch nicht ganz begreifst, das was wir dafür riskieren, ist einfach zu wichtig.« Belinda nickt und setzt sich im Schneidersitz neben ihn. »Es würde wieder die Familias gegeneinander aufbringen.« Vidal lacht leise. »Das ist noch sehr milde ausgedrückt, dieser Tag hier ...«, er deutet auf sein Tattoo, »wäre vergessen, das Abkommen nichtig, Belinda. Nicht nur, dass ich die Tochter von Ramiro treffe, nein, ich bin auch noch der Anführer seiner Feinde, das würde böse werden und ich kann das nicht verantworten. Ich kann keine Toten riskieren wegen dem ... was zwischen uns ist.« Belinda hebt die Augenbrauen und lächelt, auch wenn sich ihr Magen schmerzvoll zusammenzieht, einfach weil sie genau weiß, dass er recht hat und sie es trotzdem nicht zulassen möchte. Ihr Verstand weiß es, doch ihr Herz weigert sich, es zu akzeptieren.

»Also gibt es aber etwas zwischen uns für dich?« Vidal sieht ihr ernst in die Augen und Belinda spürt, dass auch sie sich bereits bis über beide Ohren in ihn verliebt hat. »Sonst wäre ich nicht hier und würde probieren, dir alles zu erklären.« Belinda seufzt enttäuscht auf. »Und wir werden niemals erfahren, worauf das zwischen uns hinausgelaufen wäre?« Vidal lächelt matt. »Nein, eher nicht.« Belinda spürt seinen Blick und wie er von ihren Augen zu ihren Lippen wandert. Sie ignoriert die traurigen und enttäuschten Gefühle, die über die Erkenntnis, dass das zwischen ihnen einfach nicht funktionieren wird und konzentriert sich auf das verlangende Gefühl, was auch in ihr brodelt.

»Wir werden uns danach nie wieder treffen, dass hier ist das letzte Mal, dass wir zusammen sind.« Vidal sagt nichts mehr, sondern sieht ihr einfach nur in die Augen. »Lass uns für die nächste Stunde einfach vergessen, wer mein Vater ist, was falsch oder richtig ist und wieder da landen, wo du dich im Auto von mir verabschiedet hast. Lass uns nur für hier und jetzt alles andere vergessen, danach gehen wir getrennte Wege.«

Belinda streicht über das Datum auf seiner Rippe, sie liebt es, seine Haut unter ihren Fingern zu spüren, sie ist so schön weich und warm. »Denkst du, das ist eine gute Idee? So wird es nur noch ...« Belinda unterbricht ihn. »Das ist mir egal! Wir wollen doch vernünftig handeln und es sein lassen, dann lass uns nur dieses eine Mal auf die Vernunft und all das andere verzichten und zeig mir ganz ehrlich, was hätte zwischen uns sein können.«

Belinda wird immer leiser, weil sie spürt, dass Vidal nachgibt, spätestens als seine Hand in ihren Nacken fährt, und er sie an sich zieht, um sie zu küssen, weiß sie, dass die nächste Stunde, die Vidal und sie zusammen haben, ihre letzte sein wird und Belinda möchte, dass es ihre schönste wird.

Vidal küsst sie und zieht sie gleichzeitig auf seinen Schoß, Belinda entfährt ein Stöhnen, als sie seine Erregung an sich spürt. Vidal küsst sie so verlangend und zärtlich zugleich, dass ihr heiß wird. Als er sich von ihren Lippen trennt, geht seine Hand an ihre Haare und er öffnet ihr Haargummi. Ihre Haare fallen auf ihren Rücken und sie zieht sich das Top vom Oberkörper. Vidal legt sich zurück. Er schnippt ihren BH auf und sieht sie genau an, seine Augen sind dunkel, seine Stimme wirkt noch rauer und seine Hände fahren ihren Bauch hoch, bis zu ihren Brüsten.

»Egal, was kommt, wie wir vielleicht einmal zueinander stehen werden und was morgen ist. Ich habe noch keine Frau so hübsch wie dich gefunden und gewollt, Belinda. Vergiss das nicht, egal was kommt!« Belinda muss gegen die Tränen ankämpfen, als er ihr die Worte so ernst und zärtlich zugleich leise sagt. »Dann zeig es mir, Vidal, zeig mir nur jetzt, wie es sein könnte.« Er lässt sich nicht zweimal bitten und Belinda schluckt die Tränen schwer hinunter, um ihn und die Gefühle zwischen ihnen beiden zu genießen und alles andere zu vergessen.

Vidal dreht sich so, dass Belinda unter ihm liegt, er sieht liebevoll auf sie herab und küsst sie erneut. Sie bildet es sich nicht nur ein, auch er muss diese Gefühle spüren, die zwischen ihnen liegen, wie ein dünner Schleier und doch sind sie da, man kann sie nicht ignorieren.

Sie wissen beide, dass es alles andere als vernünftig ist, doch sie wollen sich an diesem Tag, an dem nur sie beide zählen, ganz spüren. Belinda streichelt während des Kusses über seine Muskeln, sie liebt das Gefühl, wie sie sich unter ihrer Hand bewegen. Vidal ist so geschickt und gekonnt, Belinda will nicht einmal wissen, wie viel Erfahrung er schon hat, sie genießt seine Berührungen einfach nur.

Belinda fährt seine Tätowierungen nach, die Initialen, die sie trennen, doch hier und jetzt zieht sie all das nur noch mehr an. Vidal entfährt ein Stöhnen, als sie an seine Hose fasst, um sie zu öffnen. Die Küssen zwischen ihnen werden immer leidenschaftlicher, Vidal entfernt den letzten Stoff zwischen ihnen von sich selbst und auch von ihr, und als er sie liebkost und sie am ganzen Körper zu verwöhnen beginnt, kann sich Belinda nicht mehr zurückhalten und stöhnt laut auf. Vidal lässt das nur noch weiter vordringen und Belinda schließt die Augen, sie ist kurz davor loszulassen, da kommt er wieder mit seinen Lippen zu ihren.

Seine Haare sind zerzaust und er erinnert sie an den Morgen, wo sie zusammen bei ihm im Bett geschlafen haben, sie lächelt und er senkt seine Lippen auf ihre, da vibriert sein Handy neben ihnen auf dem Nachttisch, doch mit einer Handbewegung fegt er es hinunter und es gibt Ruhe. »Heute gibt es nur dich und mich.« Belinda umfasst seinen Nacken und zieht ihn noch enger, ihr Herz schnürt sich zusammen, als sie daran denkt, dass sie ihm nie wieder so nah sein wird, doch sie schiebt diese Gedanken schnell beiseite und konzentriert sich wieder auf das Hier und Jetzt.

Vidal verschränkt ihre Finger miteinander, als er kurz davor ist, in sie einzudringen und blickt ihr in die Augen. »Bist du sicher, meine Süße?« Belinda nickt, sie ist schon viel zu aufgewühlt und erregt, um noch klar sprechen zu können.

Vidal vereint sie und Belinda und er stöhnen beide auf. Sie umschließt seine Finger fester und blickt ihm in die Augen. Niemals! Niemals kann das zwischen ihnen falsch sein und sich so perfekt und richtig anfühlen. Vielleicht denkt Vidal in dem Moment dasselbe, denn er sieht sie liebevoll an und küsst ihre Stirn. Als er sich dann zurückzieht und wieder in sie eindringt, löst sie ihre Hände und streicht über seinen Rücken, seinen Hals, sie hat noch nie etwas intensiver gespürt als Vidal, aber auch er liebt sie, als wäre es das wertvollste, was er jemals getan hat.

Wie kann sich etwas so gut anfühlen und so falsch sein?

Kapitel 15

Santos klopft erneut gegen die Ladentür, er hat die Kisten mit den leeren Flaschen dabei und wollte sie zurückbringen, doch es scheint keiner da zu sein. Er flucht, seit wann schließt dieser Laden am späten Nachmittag? Er sieht auf den Zettel mit Lillys Handschrift 'bin gleich wieder da!'

Selbst ihre Handschrift würde er immer wieder sofort erkennen, wie oft haben sie sich in der Schule Zettel hin- und hergeschrieben, er erinnert sich noch genau, wie sie irgendwann darüber geschrieben haben, wen sie gerne küssen würden, davor war alles andere nur harmlos zwischen ihnen.

Santos hat es allen Mut gekostet, er fand es peinlich, Zettel zu schreiben und er hat es nur Lilly zuliebe getan, doch dann ist er über seinen Schatten gesprungen und hat geschrieben, dass er sie gerne küssen würde. Das haben sie dann auch gemacht, er muss leise lachen, wenn er an ihren ersten Kuss denkt, auf dem Schulhof, hinter den Mülltonnen. Es war ganz schnell, sie haben sich mit den Lippen gerade mal berührt, doch für beide war es das Größte, und sie haben es von da an immer wieder getan und immer länger. Lilly war Santos' erster Kuss, sie war das Mädchen, dass er zu sich nach Hause gebracht hat, seine Familie hat sie geliebt, er hat mir ihr das erste Mal Händchen gehalten und seinen ersten feuchten Traum von ihr gehabt. Lilly war das Mädchen, mit dem er sein erstes Mal hatte, für sie hat er sich geprügelt und er muss sich da nichts vormachen, Lilly war immer sein erstes Mal, sie war alles für ihn und er hätte alles für sie getan.

Santos flucht. Wem macht er etwas vor? Er hätte den Scheiß auch einfach wegwerfen können oder es eine Haushälterin erledigen lassen können, er ist nur hier, um Lilly ... weiter zu provozieren, zu ärgern. Es nervt ihn, dass sie so auf ihn reagiert, Lilly war manchmal wütend auf ihn, oft enttäuscht, doch nie war er ihr egal, aber momentan wirkt es wirklich so, als wäre er ihr egal und damit kann Santos gar nicht umgehen. Er sollte sie ignorieren und in Ruhe lassen, doch es sind zu viele Nächte, wo ihm die Bilder hochkommen, als könnte er jetzt so tun, als wäre all das nie passiert. Santos will gerade umdrehen, da hört er eine leise Stimme. »Lilly? Lilly, bist du zurück?« Es ist Lillys Mutter, auch wenn die Stimme etwas schwach ist, erkennt er sie genau. Er klopft noch einmal, doch als sich nichts tut, geht er zum Seiteneingang und benutzt den Schlüssel, der schon immer in der Regenrinne versteckt war, um in den Laden zu kommen.

»Beata, wo bist du? Hier ist Santos.« Er stellt die Kisten in den Verkaufsraum und sieht sich nach Lillys Mutter um. »Santos? Mein kleiner Gentleman, wie lange warst du nicht mehr da?« Die Stimme kommt aus dem hinteren privaten Bereich und hört sich gar nicht gut an. »Ich bin schon lange nicht mehr klein, aber du darfst ...« Santos stockt, als er Lillys Mutter erblickt.

Von der hübschen Frau mit dem gleichen Lächeln, wie Lilly es hat und den langen blonden Locken ist nicht mehr viel zu erkennen, einzig ihre blauen Augen blicken ihn liebevoll an. »Santos, mein Junge, komm und setz dich zu mir. Wie geht es dir? Wie geht es deiner Familie?« Santos kann sich nicht bewegen, die Frau, die da auf dem Sofa liegt, neben ihr ein Ständer mit Infusionen und ein Beatmungsgerät, ist nur noch Haut und Knochen, sie ist viel zu dünn, tiefe Falten lassen ihr Gesicht um Jahre älter wirken, und sie hat statt ihrer schönen blonden Haarpracht nur noch ein leichtes lila Kopftuch umgebunden, sie hat keine Haare mehr.

»Was ist passiert, Beata? Was fehlt dir?« Er setzt sich zu der Frau, die er schon so lange kennt und die ihn immer wie einen eigenen Sohn behandelt hat. Als seine Mutter gestorben ist, hat er fast einen Monat bei Lilly und ihrer Mutter gelebt, da er es zuhause nicht mehr ausgehalten hat. Er hat die Mutter von Lilly immer als lebenslustigen Menschen erlebt, sie hat jeden um sich herum immer aufgebaut und jetzt sieht sie aus, als würde ihr das Atmen schwerfallen.

168

»Hat dir Lilly nichts davon erzählt? Na ja, sie weiß es ja selbst erst seit drei Wochen, ich wollte es so lange es geht für mich behalten, um ihr diese Arbeit und den Kummer zu ersparen, doch meine Ärztin hat sie ohne mein Wissen kontaktiert, weil sie einige Entscheidungen zu treffen hatte, die arme Kleine ist seitdem ganz durcheinander.«

Santos versteht gar nichts mehr. »Aber was fehlt dir genau? Wieso bist du nicht in einem Krankenhaus?« Beata winkt schwach ab. »Ich will meine letzten Stunden in keiner Klinik verbringen, ich habe eine nette Ärztin, die täglich nach mir schaut und sonst kümmert sich jetzt Lilly um mich. Ich habe Krebs, es frisst mich von innen auf. Es ist nicht heilbar und ich will auch nicht mehr kämpfen. Ich habe die erste Zeit viel gekämpft, für mein Leben, für Lilly, doch irgendwann kann man nicht mehr. Ich habe nur noch Tage, höchstens Wochen Zeit und möchte die mit Lilly verbringen und nicht in irgendeinem Krankenhaus.«

Santos reibt sich über das Gesicht und sieht schockiert zu Beata, die nach seiner Hand greift. »Ich bin froh, dass du da bist, Lilly versucht stark zu sein, sie wird das Inventar des Ladens los und dann den Laden, sie kümmert sich um mich, jetzt ist sie gerade etwas zu essen besorgen für uns, doch ich höre sie jede Nacht weinen und wie sie sich kaum traut, jeden Morgen nach mir zu sehen, sie hat Angst, dass ich nicht mehr atme. Es bricht mir das Herz. Lilly sagt immer, ihr habt nichts mehr miteinander zu tun, doch ich brauche dir nur einmal in die Augen zu sehen und weiß, dass du sie noch immer genauso liebst, wie du es immer getan hast. Es gibt Dinge, die sich nicht ändern.«

Santos ist vollkommen überfordert, er kann gar nicht auf das eingehen, was Beata sagt, er starrt die Frau an, der man ansieht, dass der Tod nach ihr greift und es bricht auch ihm das Herz. »Was kann ich für dich tun, was wünschst du dir noch, wie kann ich helfen?« Die Mutter von Lilly lächelt und greift erneut nach seiner Hand. »Alles was ich mir wünsche ist, dass es Lilly gut geht, aber ich weiß, jetzt wo du wieder da bist, wirst du dafür sorgen. Vielleicht weißt du es selbst noch nicht, doch euch beide verbindet etwas ganz Besonderes, bewahrt euch das.« Santos senkt den Kopf, sie ahnt nicht, dass sie es schon längst verloren haben. Da lächelt die Mutter, als würde ihr etwas ganz Besonderes einfallen. »Ich soll in ein Hospiz, das ist der Wunsch der Ärztin, um da meine letzte Ruhe zu finden, ich würde gerne davor noch einmal zu dem Strand gehen, erinnerst du dich an ihn, wo es die schönsten Sonnenuntergänge gibt? Wir waren früher oft da mit deiner Mutter und deinem Vater und deinen wilden Brüdern.« Santos lacht und nickt. »Ich erinnere mich.« Die Mutter lehnt sich zurück. »Es wäre schön, wenn ich diesen Ort noch einmal besuchen könnte ...«

Die Tür wird aufgeschlossen und Lillys Stimme schallt durch den Raum. »Mama, ich bin zurück und hab dein Lieblingsessen dabei, wenn du ...« Man hört den Moment, wo sie Santos' zurückgebrachte Pfandflaschen entdeckt. »Mama, hast du Santos die Tür geöffnet? Wie ...« Santos beugt sich zu der Mutter und gibt ihr einen Kuss auf die eingefallenen Wangen. Er verspricht wiederzukommen und geht nach vorn in den Laden.

»Santos braucht niemand reinzulassen, schon vergessen?« Lilly sieht ihn schockiert an, und als sie seinen Gesichtsausdruck erkennt, treten ihr Tränen in die Augen und sie dreht sich hastig weg. »Du kannst hier nicht einfach reinspazieren, wie es dir gefällt, diese Zeiten ...« Santos schließt die Augen, wieso hat er nicht erkannt, wie zerbrechlich, ängstlich und verletzt Lilly gerade ist? Er war viel zu sehr damit beschäftigt, sauer zu sein, sodass er das nicht erkannt hat.

»Lilly ...«

Sie hebt die Arme. »Nein!«

»Wieso hast du mir nichts gesagt, Lilly, ich ...« Sie wirbelt zu ihm um, wieder ist diese Wut in ihre Augen getreten, die er so an ihr nicht kennt. »Weil diese Zeiten vorbei sind, Santos, geh jetzt bitte, ich brauche dein Mitleid nicht. Sei weiter sauer auf mich.« Sie geht zur Tür und hält sie ihm auf.

Santos seufzt leise auf, sie ist zu wütend, so hat es keinen Sinn, doch er bleibt vor ihr stehen und sieht ihr in die Augen. »Ich liebe deine Mutter auch, und ich werde euch jetzt nicht im Stich lassen, hörst du? Es gibt Dinge, die sind wichtiger, als warum wir sauer auf den anderen sind.« Lilly verschränkt die Arme vor der Brust. »Du verstehst das nicht, Santos, ich kann nicht mehr. Du warst … alles für mich. Mein Herz, mein Atem, ich habe dich so sehr gebraucht, dass ich hart kämpfen musste, um zu lernen, dass auch alles ohne dich geht und das werde ich jetzt nicht wieder aufgeben.«

Santos schüttelt nur leicht den Kopf und geht weiter. »Du warst auch alles für mich, Lilly, das weißt du genau …. und das war jetzt das dritte Mal, dass du mich aus dem Laden geschmissen hast, falls du nicht mitgezählt hast.« Wäre er nicht so mitgenommen von den Neuigkeiten, würde er sicherlich schmunzeln, doch auch Santos muss diese Nachricht verkraften, er setzt sich ins Auto und gibt Gas, aber erst da realisiert er wirklich, was er da gerade erfahren hat.

»Was hast du da?« Belinda sieht neugierig über Ponces Schultern, der sich genüsslich über einen Teller mit gebratenen Eiern und Speck hermacht. Er wartet sicher auf ihren Vater, sie fliegen heute zusammen mit Levi und Roman nach Europa, um ein paar Dinge zu klären, die ihr Vater letztens wegen ihr abbrechen musste. Sie hat gestern den ganzen Nachmittag nach der Arbeit im Café mit ihrer Familie verbracht, abends haben sie zusammen gegrillt und den Abend genossen. Sie kann nicht leugnen, dass sie sich immer wohler hier fühlt.

»Frühstück, gehst du heute später zum Hafen?« Belinda nickt. »Wir sind fast fertig, heute überprüfen wir nochmal alles, leider hat irgendeine wichtige Stelle etwas von den Arbeiten mitbekommen und will den Laden nächsten Freitag erst abnehmen, bevor wir wieder eröffnen können. Das bedeutet, dass wir zwar heute fertig werden, aber noch über eine Woche geschlossen bleiben müssen.

Pablo freut sich aber trotzdem, bis dahin ist er auch langsam wieder einsetzbar und hat schon ganz viele Ideen für die Einweihungsparty.«

Belinda greift nach einer Gabel und pickt sich einiges vom leckeren Frühstück ihres Bruders herunter. »Das ist jetzt so ein Schwesternding, oder? Das mein ist dein und wir teilen alles.« Ponce grinst frech und Belinda stellt erneut fest, was für hübsche Brüder sie hat, sie kneift in seine Grübchen. »Sei froh, dass ich dir nicht schon früher begegnet bin und dir immer alle Süßigkeiten weggegessen habe.« Ponce lacht und zuckt die Schultern. »Wäre mir egal, mir gefällt es, eine Schwester zu haben, du kannst gerne alles haben, was ich auch habe.« Belinda nimmt noch einige Bissen, sieht auf die Uhr und nimmt schnell ihre Tasche.

»Ich bin auch froh, euch gefunden zu haben.« Eigentlich will sie Ponce nur einen Kuss auf die Wange geben, doch er umarmt sie und Belinda spürt erneut die Wärme und Liebe einer großen Familie. Sie schließt die Augen und lehnt sich an Ponce, der ihre Haare küsst. »Pass auf dich auf, so lange wir weg sind.« Belinda lächelt, als sie die Umarmung lösen, küsst sie doch noch seine Wangen. »Mach ich.« Er sieht ihr in die Augen. »Oh Mann und dann müssen wir auch noch die schönste Schwester von allen haben.«

Belinda lacht und eilt schnell zur Tür. »Gib unserem Vater einen Kuss von mir, er stand unter der Dusche und ich muss los.« Sie hört noch ein Okay, ist aber schon auf dem Weg zu den Garagen. Sie trägt heute ein weißes Häkelkleid, weiße Stoffballerinas und hat ihre Haare offen, die Seiten hat sie nach hinten geflochten und zusammengebunden. Sie hat sich geschminkt und setzt sich die Sonnenbrille auf, irgendwie hat sie schon den ganzen Tag das Gefühl, dass etwas Entscheidendes passieren wird und wenn es so sein sollte, möchte sie bereit sein.

Nachdem sie das Grundstück ihrer Familie verlassen hat, schaltet sie das Radio ein, um nicht denken zu müssen. Die letzten zwei Tage versucht sie, so wenig wie nur möglich daran zu denken. Belinda fasst in ihren Nacken, wo ein leichter roter Fleck ist, ein intensiver Kuss von Vidal, der sie dort getroffen hat und der länger bleibt. So wie alles, was sie an diesem Nachmittag geteilt haben, länger bleibt. Auch wenn sie gesagt haben, dass es das letzte Mal war, dass sie Zeit zusammen verbringen, kann Belinda das, was zwischen ihnen war, nicht mehr aus ihren Gedanken verbannen. Es ging ihr tief unter die Haut, sie hat Vidal eingeatmet und gespürt, wie noch niemals bei einem Menschen vor ihm.

Sie haben für diese zwei Stunden, die sie insgesamt miteinander verbracht haben, alles vergessen, sie können von Glück reden, dass niemand etwas mitbekommen hat. Nachdem sie sich das erste Mal geliebt haben, hat Vidal Belinda lange einfach an sich gedrückt, in den Armen gehalten. Sie hatte kein Interesse aufzustehen und er keines daran, sie gehen zulassen.

Irgendwann sind sie duschen gegangen und da haben sie sich noch einmal geliebt, anders kann man es nicht nennen, sie haben sich wirklich geliebt, gespürt und gehalten. Vidal hat Belinda zum Schluss ganz langsam geküsst und ihr versprochen, das, was zwischen ihnen war, niemals zu vergessen, sie wird es auch nicht, aber auch wenn sie es wirklich vorhatte, kann sie nicht mal daran denken, Vidal nie wieder so nah zu sein, ohne dass sich ihr Herz krampfhaft zusammenzieht, sie hofft trotzdem ständig, dass er am Café auftaucht.

Im Radio wird ein Lied darüber gesungen, wie ein anderer Mensch die Gedanken eines Menschen ausfüllen kann, und genau das tut Vidal mit Belinda, die Zeit zusammen hat es nur schlimmer gemacht. Sie hat ständig die Bilder ihrer verbundenen Körper vor ihrem inneren Auge, wie liebevoll er sie ansieht, sie kann das nicht einfach abstellen. Camilla hat ihr erzählt, dass Vidal gestern extrem schlechte Laune hatte und Belinda hat die Hoffnung, dass er heute vielleicht kommt, um sie doch zu sehen. Dante hat gesagt, dass er sich Sorgen um Vidal mache, dass er Angst habe, es könnte ihm so ergehen wie damals, als er schon mal wegen einer Frau durchgedreht ist. Camilla wollte mehr erfahren, doch Dante hat sofort vom Thema abgelenkt, noch immer kennt Belinda diese Geschichte nicht.

Als Belinda aber am Hafen hält, ist erst einmal nur Camilla im Café. Sie begrüßt die zwei Männer der Los Puentes, die gerade auf ein Schiff wollen, um Ladung abzuholen und geht dann zu Camilla, die zufrieden in das Café blickt. Zusammen gehen sie noch einmal alles durch, es ist perfekt geworden, sogar noch besser als vorher, sie sind sich absolut sicher, dass Pablo es lieben wird, wenn sie in zehn Tagen neueröffnen werden. Jetzt haben sie erst einmal das Wochenende vor sich und dann eine Woche, in der sie noch etwas abwarten müssen, doch Belinda und Camilla haben wirklich alles getan, um es wieder in Ordnung zu bringen.

Sie haben gerade die Tische und Stühle von der Terrasse hereingestellt, da hält einer der typischen schwarzen Geländewagen der Puentes. Mittlerweile kann auch Belinda das alles besser auseinanderhalten. Dante steigt aus. »Na, meine Hübsche, seid ihr fertig? Ich habe eine Überraschung für dich.« Camilla strahlt, als sie zu Dante sieht. »Ja, wir sind fertig, was hast du vor?« Dante nickt zu Belinda und die würde am liebsten die Augen verdrehen, doch in dem Moment steigt auch Vidal aus.

In selben Augenblick, als sie ihm ins Gesicht sieht, schlägt ihr Herz so schnell, dass sie genau weiß, über diesen Mann wird sie nicht so schnell hinwegkommen, auch sein Blick liegt auf ihr, es wirkt fast so, als würde er einmal tief einatmen. Doch Belinda bekommt das gar nicht mehr genau mit, denn in diesem Moment steigt hinten eine hübsche Dunkelhaarige aus, sie stellt sich zu Vidal und hakt sich bei ihm ein und Belindas Atem geht sofort schneller. Dante bekommt all das gar nicht mit.

»Erst fahren wir mit Vidal und Estrell auf die Jacht und klappern übers Wochenende die schönsten Strände ab, und wenn wir wieder hier ankommen, entführe ich dich woanders hin, aber das werde ich dir nicht verraten. Ich habe all deine Sachen eingepackt, wir können sofort los. Du hast doch eh die nächste Woche hier nichts zu tun.« Camilla dreht sich zu Belinda um, die keine Luft mehr bekommt. »Oh mein Gott, er ist zu süß ... Belinda, ist alles in Ordnung?«

Sie hebt die Hand. Camilla weiß, dass sich Belinda und Vidal noch einmal ausgesprochen haben, allerdings hat Belinda ihr nicht erzählt, wie nah sie sich gekommen sind, wie sehr sie sich geliebt haben, bevor sie sich endgültig getrennt haben, auch April weiß keine genauen Details, irgendwie wollte Belinda das als etwas ganz Intimes nur zwischen Vidal und sich behalten. Sie starrt Vidal und die Frau neben ihm an. Sie kann das nicht glauben, doch sie wird jetzt nicht ihren letzten Stolz verlieren. »Ja klar, ich habe mich grad ... das ist wirklich süß, los, verschwinde schon. Ich schließe hier ab.« Camilla zieht die Augenbrauen hoch. »Wirklich?« Belinda nimmt sich noch einmal zusammen. »Ja, los jetzt, genieß die Zeit.« Camilla drückt Belinda und geht dann schnell zu Dante und den anderen zum Auto.

Belinda hat nicht noch einmal zu Vidal gesehen und geht schnell zurück ins Café, wo sie sich in den hinteren Teil schleppt und ihr die Tränen aus den Augen entweichen. Wie kann er nur? So schnell? So hart? Will er sie quälen? Jetzt hat sie neue Bilder vor Augen, wie er die dunkelhaarige Schönheit liebt, wie er sie geliebt hat. Sie hört seine vertraute Stimme draußen. »Ich gehe nochmal schnell auf die Toilette, steigt schon mal ein!«

Nein, Belinda wischt sich blitzschnell die Tränen ab und stellt Stühle auf die Tische. »Belinda ...« Sie hört an Vidals Stimme, dass er Mitleid hat und Ekel schleicht sich in ihr hoch. »Verschwinde, Vidal!« Er dreht sie zu sich um und sieht ihr in die Augen. In dem Moment zweifelt sie wieder, es kann nicht sein, dass er keine Gefühle für sie hat, nicht so, wie er sie ansieht. »Wir haben doch gesagt, dass es vorbei ist.« Belinda schubst ihn von sich weg. »Doch nicht so! Doch nicht so schnell. Wie kannst du nur? Jetzt wirst du heute diese Frau lieben, wie du mich geliebt hast? Wie kannst du nur, Vidal?« Sie zischt ihm diese Worte böse entgegen und muss wirklich aufpassen, dabei nicht zu laut zu werden.

Er öffnet den Mund, sieht aus, als wolle er widersprechen, doch sieht sie dann ernst an und zögert einen Moment. »Es ist das Beste! So wird es für uns beide am einfachs...« Belinda holt aus und gibt ihm eine Ohrfeige. Es war nicht kräftig, ein Mann wie Vidal ist anderes gewöhnt, doch Belinda hat noch nie die Hand erhoben, doch es musste sein, sie bebt vor Wut, während er nicht einmal mit der Wimper zuckt und sie ansieht.

»Das Beste? Einfacher? Verschwinde, Vidal und hab deinen Spaß! Weißt du, was du wirklich erreicht hast? Vorgestern lag ich noch in deinen Armen und heute stehe ich jetzt so vor dir, wie du mich haben willst, als eine Sombras, sieh uns an ... Verschwinde einfach!« Belinda kann nicht mehr, sie hat bei der Ohrfeige, die sie ihm gegeben hat, selbst zu weinen angefangen und geht nun in die Küche, bevor Vidal noch mehr von ihrem Schmerz sieht. Diese Ohrfeige hat ihr sicherlich mehr wehgetan als ihm. Sie hört, wie er das Café verlässt und das Auto startet, sie schließt die Augen.

Wie kann er nur?

Eine Stunde später hält sie am Wegrand, kurz bevor sie die Cuidad Sombras erreicht, ihr Handy klingelt und immer wieder steigen ihr die Tränen in die Augen. So kann sie sich nicht blicken lassen, also sieht sie erst einmal nach ihrem Handy und bemerkt, dass April sie siebenmal angerufen hat.

Sie atmet tief ein und ruft April zurück, die sofort panisch ans Telefon geht. »Belinda, du wirst es nicht glauben, dieser Mistkerl hat es wirklich getan. Ich habe vorhin einen Brief in den Laden bekommen, am Montag soll mein Laden gepfändet werden, angeblich, weil hier auch Geld von dir drin steckt, ich habe keine Ahnung, wie Lewis das gemacht hat, aber sie wollen am Montag meinen Laden pfänden.«

Belinda schließt die Augen, hört der Alptraum heute überhaupt nicht mehr auf? Doch dann weiß sie, was sie zu tun hat und wird auf einmal wieder ganz klar im Kopf. »Keine Sorge, April, ich mache mich heute noch auf den Weg. Ich komme zurück nach Portland, Lewis wird gar nichts tun. Ich kläre das!«

Auf einmal sieht sie alles wieder ganz klar, ihr Herz blutet und ihre Augen fühlen sich ganz dick an, sie hatte nie vor, ewig hier zu bleiben, sie fährt direkt auf das Grundstück und in die Garagen. Sie hat ihre Familie gefunden und nur, weil sie zurück nach Portland geht, heißt das ja nicht, dass sie den Kontakt verlieren werden.

Belinda will nur schnell ihre Sachen packen und dann direkt zum Flughafen fahren, sie wird schon irgendwie zurück nach Portland kommen. Alena wollte heute zum Einkaufen, noch einige Dinge besorgen, bevor ihre Mutter wieder kommt. Belinda klopft bei Santos, doch auch da macht niemand auf.

Langsam geht sie zu Alejandros Haus, sie muss wenigstens jemandem Bescheid geben und vielleicht ist es sogar besser, es Alejandro zu sagen, ihn wird es am wenigsten interessieren, was mit ihr ist. Belinda will klopfen, doch da tritt gerade ein Mann aus der Tür. »Okay, mach ich, ich sag dir dann Bescheid!« Er nickt ihr höflich zu und geht aus dem Haus, somit liegt Alejandros Blick auf sie frei und sie bemerkt sofort, wie er die Augenbrauen hochzieht, dabei hat sie versucht, ihre verheulten Augen wieder einigermaßen gut hinzubekommen.

Er deutet ihr an, dass sie eintreten soll. Belinda sieht sich um, sie hofft, dass Suerte nicht da ist, sie ist ihm so gut es ging aus dem Weg gegangen die letzten Tage. Alejandros Haus ist sehr edel und teuer eingerichtet, wie das Haus ihres Vaters, aber Belinda würde fast sagen, dass es von der Einrichtung her seines noch übertrifft, doch Belinda hat keine Zeit für solche Gedanken. Sie wendet sich ohne Umschweife an ihn. »Ich fliege zurück nach Portland, dort gibt es einige Dinge, die ich zu erledigen habe.« Alejandro hat kein Shirt an, nur eine Badehose und sucht nach einem Shirt. »Was für Dinge, was ist passiert?«

Belinda kann nicht glauben, dass er ausgerechnet jetzt seine fürsorgliche Ader entdeckt, aber sie beschreibt ihm mit einigen Worten das Problem, zumindest das mit Lewis, dass sie auch wegen Vidal so schnell wie nur möglich hier weg möchte, erwähnt sie nicht. »Das ist alles?« Alejandro glaubt ihr nicht und Belinda zuckt nur die Schultern. »Ich kann April nicht hängen lassen!«

Ihr Bruder baut sich vor Belinda auf und sieht ihr in die Augen. Sie kann seine Zweifel sehen, er zögert, doch dann nickt er. »Na schön, pack deine Sachen. Ich lasse den kleinen Privatjet starten, ich knöpfe mir diesen Lewis mal vor!« Er wendet sich ab und greift nach seinem Handy.

Belinda traut ihren Ohren nicht. »Du willst mich begleiten? Du magst mich nicht einmal!« Alejandro lächelt matt und sieht ihr dann nochmal in die Augen. »Wer sagt, dass ich dich nicht mag? Ich mag es zumindest nicht, wenn du so verweint vor mir stehst und du bist meine Schwester, ich kümmere mich ab jetzt um dich, ob hier oder sonstwo auf der Welt, also los, geh packen!«

So war ihr Plan eigentlich nicht gedacht, doch Belinda ist viel zu überrascht und auch irgendwie gerührt über Alejandros plötzlichem Interesse, um ihm zu widersprechen.

Zwei Stunden später verschwindet Puerto Rico langsam und alles um sie herum wird blau. Belinda sieht weiter aus dem Fenster und atmet tief ein. Sie hat Alejandro, nachdem er sie wirklich begleitet hat, doch noch alles ganz genau von Lewis erzählt, gerade ist er auf dem großen Bett eingeschlafen. Ein kleiner Privatjet? Das ist ein kleines Luxusflugzeug mit Bett, Dusche und allen möglichen Annehmlichkeiten.

Sie sieht aus dem Fenster hinaus, wo sie gerade noch Puerto Rico hat verschwinden sehen und schüttelt den Kopf. Sie war knapp sechs Wochen in dem Land und ihr komplettes Leben wurde auf den Kopf gestellt. Es fühlt sich an, als schlügen zwei Herzen in ihrer Brust, ein gebrochenes, was ihr rät, so schnell wie möglich all das zu vergessen und ein glückliches, was unendlich dankbar ist, dass sie nun eine Familie hat, der sie offenbar auch etwas bedeutet.

Wenn sie an Vidal denkt, zieht sich alles in ihr zusammen und sie will nie wieder zurückkehren und einfach nur noch weg, doch als sie auf den schlafenden Alejandro blickt, hat sie das Gefühl, dass sie Puerto Rico nicht so einfach den Rücken kehren kann.

* Der Mann versucht sich krampfhaft am Müllwagen festzuhalten, doch seine Neugierde ist zu groß und sein steifer Arm macht es ihm nicht leicht, doch dann schafft er es, einen Blick in das Anwesen zu erhaschen. Es war schwer mit seinem Aussehen, seinem steifen Arm und den Sprachproblemen, den Job zu bekommen, also muss er sich anstrengen.

Er sieht Adrian, er erkennt ihn sofort mit seinem verbrannten Gesicht und er weiß auch, von wo er diese Narben hat. Der Mann muss lachen, dabei juckt die Narbe auf seiner Nase, wie jedes Mal. Er greift in seine Tasche und zieht ein Feuerzeug hervor, was er lachend entzündet. Sein Kollege neben ihm schüttelt den Kopf.

»Jedes Mal wenn wir an der Cuidad Sombras vorbeikommen, drehst du so ab, du bist echt krank, Mann!«

Der Mann lacht nur weiter und hält die Flamme hoch.

»Brenne, breeenne, La Faaa-miíllliiaaa, brennnne!« *

Lesen Sie weiter in ...

El Puerto - Der Hafen 3   Gefährliche Geheimnisse

Jaliah J.

El Puerto

DER HAFEN

GEFÄHRLICHE GEHEIMNISSE

El Puerto – Der Hafen 3

Gefährliche Geheimnisse

Leseprobe :

April gibt Belinda einen Kuss auf die Wange, bevor sie ihre beste Freundin noch einmal umarmt. Sie ist, nachdem sie die Boutique geschlossen hat, ins Restaurant zu Belinda und ihrem Bruder gestoßen, die dort bereits gegessen haben. Belinda und April hatten sich einiges zu erzählen, Alejandro saß die ganze Zeit ziemlich ruhig daneben und hat nur geantwortet, wenn er gefragt wurde. April weiß, wieso er so kalt und abweisend in ihrer Nähe ist. Es ist ihr so unangenehm, dass Alejandro von Lewis' Drohung weiß und dass, auch wenn sie nicht zugesagt hat, sie zumindest nicht sofort nein gesagt hat.

Danach haben sich Belinda und April in Belindas Suite zurückgezogen, während Alejandro in der Nachbarsuite sich um einiges kümmern musste. Endlich konnten die beiden frei reden und Belinda hat ihr alles erzählt, alles, was passiert ist. April hat genau zugehört, da erst hat sie verstanden, was ihre Freundin die letzten Wochen durchmachen musste. Sie hätte sich niemals träumen lassen, dass es so etwas wie Belindas Familie wirklich gibt.

Es kommt ihr so vor, als würde Belinda von einer Geschichte aus einem Kinofilm berichten, besonders als sie von der Feindschaft den Familias berichtet und wie das alles zwischen Vidal und ihr abgelaufen ist. Als Belinda fertig ist, sieht man ihr nicht nur an, wie sehr sie all das erschöpft, auch April weiß das erste Mal gar nicht so recht, was sie dazu sagen soll.

Sie versucht, ehrlich zu sein und rät Belinda, auf Alejandro zu hören und der Familie mehr Zeit zu geben. Sie weiß, wie sehr sich

Belinda all das immer gewünscht hat und das jetzt so schnell wieder hinter sich zu lassen, kann gar nicht richtig sein, auch wenn sie ihr sagt, dass sie extrem aufpassen soll und sich nicht in Gefahr bringen darf.

Wegen Vidal kann sie nicht viel sagen, er selbst hat ja alles beendet und sich wie ein Arsch verhalten, Belinda weiß, dass sie ihm aus dem Weg gehen sollte und sich nicht noch einmal auf so einen Mann einlassen darf. Dann ist April dran und erzählt ihr von dem Abend, als Lewis kam und ihr immer wieder gedroht hat und wie er ihr genau gesagt hat, was der einzige Weg wäre, diese Pfändung zu umgehen.

April kann nicht verhindern, dass sie immer wieder an den Mann nebenan denken muss, der diese Wahrheit schon kennt und sie hat das Verständnis von Belinda überhaupt nicht verdient, was diese ihr entgegenbringt, nachdem sie erfahren hat, dass April es wirklich kurz in Erwägung gezogen hat, sich darauf einzulassen, um ihren Laden zu retten.

Ihre beste Freundin versichert ihr immer wieder, dass sie ihr nicht böse sei und dass April doch am Ende gar nichts getan hat, doch trotzdem fühlt sich April deswegen schlecht.

Sie vereinbaren, dass Belinda wieder zurückgeht und noch mehr Zeit mit ihrer Familie verbringt und April in zwei Wochen, wenn die Aushilfe richtig eingearbeitet ist, auch nachkommt und sich selbst ein Bild von dem Leben macht, was Belinda so durcheinanderbringt.

Belinda geht duschen und April verlässt das Hotel, als sie aber bei Alejandros Suite vorbeiläuft, beißt sie sich kurz auf die Lippen und klopft dann leise. Sie hört, dass der Fernseher noch läuft und Alejandro öffnet ihr auch nur wenige Augenblicke später.

April stockt. Alejandro ist sehr attraktiv, das hat sie schon auf den Bildern gesehen, die Belinda ihr geschickt hat, alle ihre Brüder sind das, doch als Alejandro heute vor ihr stand, hat sie erst richtig gespürt, was für eine mächtige Aura neben seinem Aussehen ihn noch ausmacht. Auch jetzt muss April erst zweimal blinzeln, bevor sie sich zusammenreißt und von dem nackten Oberköper in die dunklen Augen blickt, die sie schmunzelnd beobachten.

»Ist euer Frauengespräch beendet?« April nickt und versucht sich grade hinzustellen. »Ja und ich habe ihr alles gesagt, auch das von Lewis.« Er nickt. »Es ist besser so!« April kann diesen Mann kaum einschätzen, er würde sich niemals mit den anderen Männern in ihre drei Schubladen stecken lassen, wo sie immer alle einsortiert, die ihr über den Weg laufen.

»Ähmm ja, ich komme sie bald besuchen in Puerto Rico. Deswegen ist es mir wichtig, dass du wirklich weißt, dass ich normalerweise nicht so bin und mich nie so verhalten würde.«

Alejandro mustert sie einen Augenblick schweigend. »Ich kenne dich nicht, ich kann das nicht beurteilen.« Sie nickt. »Natürlich nicht, mir war es nur wichtig, es dir noch einmal zu sagen. Wir sehen uns dann, schätze ich mal.«

April dreht sich schnell um, froh, diesem zwar schönen aber doch zu abschätzigen Blick Alejandos zu entkommen. »April!« Sie bleibt stehen, Mist! »Warum ist es dir so wichtig, was ich von dir halte?« Die Antwort ist leicht, also lächelt sie und wendet sich noch einmal zu ihm um. »Weil du der Bruder meiner besten Freundin bist.«

Ein Grinsen schleicht sich auf Alejandros Gesicht, welches ihn noch anziehender macht, es ist wirklich nicht fair. »Bist du dir sicher, dass das der einzige Grund ist?« April fühlt sich ertappt und spürt, wie ihre Wangen rot werden, sie kann nur hoffen, dass man das hier im abgedämmten Flurlicht des Hotels nicht erkennt.

»Natürlich bin ich sicher.« Sie dreht sich wieder um und bildet sich ein, ein leises Lachen zu hören. April drückt die Augen zu, wie peinlich macht sie sich eigentlich noch vor diesem Mann.

»Wir sehen uns in Puerto Rico, April!«

Belinda öffnet die Augen. Sie ist nach dem Duschen noch ins Nebenzimmer zu Alejandro gegangen, um ihm etwas von dem leckeren Kuchen zu bringen, den April und sie zum Nachttisch hatten. Er hat gerade mit Geschäftspartnern telefoniert und Belinda hat es sich auf dem riesigen Bett solange gemütlich gemacht, dabei muss sie eingeschlafen sein.

Als sie jetzt wach wird, ist das Zimmer dunkel, nur der stumm gestellte Fernseher spendet ein wenig Licht und das Handy, das auf dem Tisch vibriert. Alejandro liegt auch auf dem Bett auf der anderen Seite, er scheint sich einfach zu ihr gelegt zu haben, als sie eingeschlafen ist, Belinda lächelt, das machen Geschwister so.

Alejandro erhebt sich murrend und Belinda sieht auf dem Fernseher, dass es vier Uhr morgens ist. Er geht ans Handy und sie hört, wie sein Atem immer schneller geht, auch wenn er fast komplett stumm bleibt. Irgendwann sagt er, »ich komme sofort zurück!«

Belinda sieht ihm besorgt entgegen, man spürt, dass etwas nicht stimmt. »Was ist los?« Alejandro sieht sie fassungslos an, einen Augenblick erkennt sie ihn kaum wieder, so verzweifelt wirkt er, als er sich durch die Haare fährt.

»Adrian ... es ist Adrian!

Belinda setzt sich auf und ihr kommen sofort Bilder ihres Cousins mit dem verbrannten Gesicht und dem schönen Lachen vor das innere Auge.

»Was ist mit ihm? Alejandro, was ist mit Adrian?

Ab 15. Juli 2016 im Handel erhältlich

Entdecken Sie die ergreifende Welt von Jaliah J.

Das Schicksal hat viele Gesichter, es kann Gutes bringen oder sich deinen Plänen in den Weg stellen. Es ist kein Zufall, dass uns manche Menschen begegnen. Wir lernen und wachsen an unserem Schicksal. Es ist keine Frage, ob dich das Schicksal aufsuchen wird, sondern wie du dann damit umgehen wirst.
Für jeden Menschen stellt sich irgendwann die Frage …

… Glaubst du an das Schicksal?

Hope hat einen steinigen Lebensweg hinter sich, ihr großer Halt und Mittelpunkt ihres Lebens ist ihr kleiner Sohn Liam. Sie arbeitet in einem großen Münchener Autohaus, wo sie eines Tages auf Mitglieder der arabischen Königsfamilie trifft. Zwischen Hope und dem Prinzen Farhan besteht sofort eine starke Anziehungskraft und Hope wird in eine traumhafte Märchenwelt getaucht. Es dauert aber nicht lange und sie bemerkt, dass es neben der Märchenwelt eine ganz andere gibt. Sie spürt das erste Mal die Macht der Religionen und unterschiedlichen Kulturen. Die Liebe, die zwischen Farhan und Hope aufblüht, darf nicht sein und es beginnt ein Kampf um die Liebe, bis sich die Frage stellt:

Wie hoch ist der Preis für die Liebe?

Im Handel erhältlich

- Europa 2064 -

»Früher war so vieles anders!« Der alte Mann mit den grauen Haaren und den vielen Falten im Gesicht sieht erschöpft auf sie alle herab.

Mila lebt in einer Zeit, wo es keine Bedeutung mehr hat, dass sie als Prinzessin geboren wurde. Im Gegensatz zu vielen anderen stört sie das überhaupt nicht. Sie möchte gar keine Prinzessin sein und verzichtet nur zu gern auf dieses Leben, welches sie nur aus Erzählungen kennt. Sie begleitet eine andere Prinzessin in das westarabische Königreich. Mila will nur etwas Spaß haben und die Welt außerhalb Europas kennenlernen.

Sie ahnt nicht, dass diese Reise ihr Leben für immer verändern wird ...

Jaliah J.

Hijas de la luna

Die Legende der Töchter des Mondes

Stell dir vor, du erfährst, dass die Welt, die du eigentlich zu kennen vermagst, nicht das ist, was du all die Jahre dachtest. Wesen, Gefahren und Gefühle existieren, von denen du nicht einmal zu träumen gewagt hast ...

Hijas de la luna - Die Legende der Töchter des Mondes

... und dann erkennst du, dass du schon immer, ohne es zu wissen, ein Teil dieser Welt warst.

www.jaliahj.de

Startseite Deutsch   Die Bücher   Homepage English   Aktuelles und Kontakt zu Jaliah J.   Kontakt   Gästebuch

Entdecken Sie die ergreifende Welt von „Jaliah J.

follow me ...

Die Llora por el amor Reihe im neuen Desig

Jaliah J. ist eine junge Autorin, die mit ihrer Familie in Berlin lebt. Ihre Wurzeln sind in der ganzen Welt verstreut, doch ihr Herz schlägt für Puerto Rico.

Angefangen haben ihre ersten Schreibversuche in einigen Internetforen, wo sie schnell einige treue Leser ihrer Geschichten gefunden hat und es nicht mehr viele Schritte bis zum ersten Buch waren. Mittlerweile füllen viele Bücherregale die Werke der jungen Autorin und ihre Bücher sind regelmäßig in der Bestsellerliste von BOD vertreten.

Mit ihrer bekannten Llora por el amor - Reihe hat sie eine ganz neue Welt erschaffen, in die sich viele Hunderte junge Leser regelmäßig zurückziehen und alles um sich herum vergessen.

Es sind einige weitere Projekte geplant, so dass man auch in Zukunft noch viel von der jungen Autorin hören wird.

Tauchen auch sie ein in die faszinierende Bücherwelt.

"Diese junge Autorin schreibt mit ebenso viel Hemmungslosigkeit wie Konsequenz Liebesromane. Ich wünsche ihr einen langen erzählerischen Atem für sprudelnde Phantasie und mitreißende Fantasy."

Vito von Eichborn

(Vorwort zur Sonderausgabe zu Werwölfen, Vampiren und den Töchtern des Mondes)

Jaliahs Interview mit BOD

LEIDENSCHAFT UND

Leserkommentare

„Jaliah schreibt leidenschaftlich und hingebungsvoll. Ich habe schon sehr viele Bücher gelesen, die ich richtig, richtig gut gefunden habe. Aber Jaliahs Story nehme ich ihr voll und ganz ab. Kaufe ihr das ab, was sie schreibt. Man hat bei der Lektüre das Gefühl, live dabei zu sein. Sich mitten im Geschehen zu befinden und man kann sich mit ihren Charakteren identifizieren. Man fiebert mit, will wissen wie es weiter geht und der „Süchtigkeitsfaktor" ist auf jeden Fall vorhanden! ;) Ich kann jedem der eine Reise nach Puerto Rico mit dem Kopf machen möchte, in eine neue Welt eintauchen will, den Zusammenhalt der Gangs und deren Familien spüren, das Buch weiter empfehlen!"

Hope
"Hope/Amal, die Geschichte zwischen einem christlichen Mädchen und einem arabischen Prinzen, war unglaublich mitreißend.
Die Persönlichkeit und das Handeln von Farhan (dem arabischen Prinzen) war mir völlig neu und extrem erfrischend.
Auch die liebenswerte Einführung in die Welt des Islam hat mich berührt.

Jaliah hat die Verbindung zwischen zwei Religionen in Form dieses Buches sehr schön dargestellt!!

Die Geschichte ist mitreißend! Zusammengefasst: Ein tolles Buch mit einer zauberhaften Liebesgeschichte die es sich zu 100% zu lesen lohnt!"